Villa Wydole in Häven

Für Ilse und Paul

für langjährige reiterliche

Verbundenheit.

Lilo

Hamburg, Dez. 2003

Dieses Buch widme ich meiner Familie
sowie einem kleinen Dorf in Schleswig-Holstein
und deren Bewohner.

Lieselotte Surenbrock

Villa Wydole in Häven

1943 – 1951

Zuflucht einer Hamburger Familie

Herstellung: Books on Demand GmbH, Norderstedt
ISBN 3-8330-0671-4

Inhalt

Vorwort
oder: Wie alles begann

Der Zug Richtung Hamburg verließ den Verladebahnhof München Ost um 22.30 Uhr. Bis zur Autoverladung um 21.00 Uhr hatten Rudolf und ich schon einige Stunden Wartezeit in glühender Hitze auf dem Verladegelände vertan. Die markierten Wartestraßen füllten sich mit den unterschiedlichsten Autotypen und deren gebräunten Insassen, die teilweise aus Italien, Österreich und der Schweiz kommend seit den frühen Morgenstunden von ihrem Urlaubsdomizil unterwegs waren. Endlich gab der Bahnbeamte Rudolf mit Handzeichen zu verstehen, dass er unser Auto über die Rampe auf den Waggon fahren konnte. Ich war bereits einige Minuten vorher mit unserem leichten Schlafgepäck zum Bahnsteig Nr. 6 gegangen und bestieg das Schlafwagenabteil im modernen Talgo-Schlafwagen mit Kabinendusche und WC.

Der Speisewagen füllte sich allmählich und die aufziehende Dunkelheit bremste den Blick auf die vorbei huschenden Häuserreihen der Münchener Vororte. Rudolf bestellte beim Ober das traditionelle Rühreibrot mit Krabben und für mich die kleine Käseplatte mit einer halben Flasche guten Rotwein. An einigen Tischen wurde noch lebhaft diskutiert als wir kurz vor Mitternacht unsere Betten aufsuchten.

Kurz vor Hannover kam der telefonische Weckruf. Die Morgentoilette war bereits in vollem Gange und wir verstauten die wenigen Schlafutensilien in der Reisetasche. Rudolf erinnerte mich: „Vergiss nicht die Codekarte von der Tür mitzunehmen, da wir andernfalls kein Frühstück bekommen und das Abteil nicht aufschließen können.“ Alle Zweiertische waren bereits besetzt und so setzten wir uns zu einem Ehepaar an einen größeren Tisch. Wir kamen ins Gespräch und hörten von einem sehr erholsamen Urlaub in Oberitalien, dass unsere Tischnachbarn ein Blumengeschäft in Timmendorf besäßen und sie von ihrem Sohn am Hamburger Hauptbahnhof erwartet würden. Gespannt fragte ich: „Ach, Sie leben in Timmendorf? - Dann kennen Sie sicherlich auch das kleine Dorf Häven." Ja, sie wussten Bescheid, auch über die beiden dortigen Hofbesitzer. „Frau Rüsch ist eine gute Kundin in unserem Blumenladen. Ihr Sohn bewirtschaftet seit längerem den geerbten Hof seines Großvaters Friedrich Rüsch in Häven. Es hat sich dort einiges verändert: Der Pferdestall mit Scheune ist abgerissen worden und die ehemalige Schmiede der Familie Wede existiert auch nicht mehr. Das bäuerliche Wohnhaus beherbergt heute ein Antiquitätengeschäft. Die kleine Dorfschule hat ihre letzten Schüler vor langer Zeit entlassen und ist jetzt ein Wohnhaus", antwortete sie. „Und die Villa Wydole?", fragte ich neugierig. Mein Gegenüber schaute mich verblüfft an und antwortete: „Sie ist erhalten geblieben und wird wahrscheinlich von einem Hofverwalter bewohnt." Ich wünschte den beiden eine gute Heimfahrt nach Timmendorf und bat sie, herzliche Grüße an Frau Rüsch von den ehemaligen Hamburger Wydole-Bewohnern auszurichten.

Wieder zurück in Sasel ging mir diese flüchtige Reisebekanntschaft aus Timmendorf nicht mehr aus dem Kopf. Einige Monate danach fuhren wir zur Taufe von Anna Leoni zu Norbert und Renate nach Essen. Auf einem gemeinsamen Spaziergang erzählte ich von dem Ehepaar aus Timmendorf und was ich von ihnen über das heutige Häven erfahren habe. Norbert hörte gespannt zu und meinte: „Schade eigentlich, dass ich damals noch ein Baby bzw. Kleinkind war und mich an gar nichts mehr erinnere. Es muss für unsere durch den Krieg getrennt lebenden Eltern eine schwere Zeit gewesen sein während der das jahrelange einfache Landleben meinen älteren Schwestern nicht geschadet hat. Lieselotte, Du hast ja noch immer viele Erinnerungen in Deinem Kopf. Hättest Du nicht Lust einiges davon aufzuschreiben?" Das war mein Stichwort!!

Also schrieb ich meine Erinnerungen für die Menschen auf, die mir bis heute sehr nahe stehen und für die, die mich seit frühester Jugend begleitet haben:

Für meine Mutter Annaliese, die in ihrem langen Leben nur selten und ungern von den Jahren 1939 bis 1951 erzählte, obwohl ich gerne von ihren Erinnerungen aus dieser Zeit gehört hätte.

Für meinen zehn Jahre jüngeren Bruder Norbert, von dem mein Vater sich den Nachfolger für seine Firma erhoffte. Daraus wurde nichts. Norbert entschied sich für ein Musikstudium und ist als Oboenspieler ein anerkannter und gefragter Künstler.

Für meinen Sohn Dierk und meine Tochter Petra. Sie hat am meisten von Annalieses Wesen und Begabung geerbt. Auch Petra findet schnellen Zugang zu fremden Menschen und ist in der Lage, schwierige Situationen schwungvoll in die richtigen Bahnen zu lenken. Außerdem knüpft sie mit ihrer Begabung und dem Beruf als Bekleidungs-Ingenieurin an die Familientradition der Näh- und Schneiderkunst seit vier Generationen an.

Für meine Schwester Jutta, die meinen Eltern und später mir seit ihrem zwölften Lebensjahr so viel Sorgen bereitet hat. Ist sie deshalb so krank geworden, weil Annaliese es nicht schaffte, sie mit uns zwei älteren Geschwistern plus Notgepäck bei jedem Bombenalarm aus dem dritten Stock herunter in den Luftschutzkeller zu retten? Sie blieb manches Mal als Einzige in der Wohnung zurück. Seit den Bombenangriffen auf Hamburg sind 60 Jahre vergangen und Jutta fällt in tiefe Depression und Angstzustände sobald sie vorübergehend alleine gelassen wird.

Für meine Schwester Christa. Sie war in Häven immer viel fröhlicher und unternehmungslustiger als ich. Ich fand, sie sah auch besser aus mit ihren flachsblonden Haaren, die nie so glatt und strähnig herunter hingen wie meine. Sie brachte die besten Zeugnisse mit nach Hause und kassierte für die vielen Einsen und Zweien Lob und Anerkennung in Form von mehreren Groschen. Auf meinem Zeugnis stand höchstens je eine Eins in Kunsterziehung und Handarbeiten.

Für Rudolf und mich, weil wir seit über 40 Jahren in Frieden und Harmonie in Hamburg- Sasel leben. Als ich an unserem Hochzeitstag offiziell hier einzog, lebten Oma Surenbrock und die Wirtschafterin Tante Hertha auch noch in drei Zimmern plus Küche und Bad im Haus. Wir bezogen die übrigen zwei Wohnräume und richteten uns eine Dusche in der Waschküche ein. Das war damals nicht unbedingt mein Traum von einem geplanten Familienhort, aber wir waren himmelhoch verliebt und nahmen die beengten Wohnverhältnisse ohne Protest in Kauf.

Oma Elsa starb zweieinhalb Jahre später und Tante Hertha zog nach weiteren sechs Monaten in eine eigene Wohnung um. Ab dieser Zeit hatten wir freie Hand und die finanziellen Möglichkeiten, das Haus alle paar Jahre zu vergrößern, zu modernisieren und die Zimmer so einzurichten, dass wir und unsere Kinder genügend Freiräume für eigene Aktivitäten und Hobbys hatten. Auch der große Garten unterlag einer mehrjährigen Umgestaltung. Wir rodeten 50 hohe Tannen und fällten 20 Apfel-, Birnen- und Pfirsichbäume. Die Rasenfläche wurde vergrößert und rundherum blühende und immergrüne Ziersträucher angepflanzt. Dabei kamen u.a. auch einige der Pflanzen zur Geltung, die wir in unserem Garten in Häven bewunderten. Lediglich von der Tierhaltung wollte Rudolf nichts wissen, obwohl ein Schaf oder ein Pony uns viel Arbeit beim Rasenmähen abgenommen hätte. Unser einziger Hund, ein Dobermann-Rüde, musste wegen Unverträglichkeit nach drei Jahren wieder abgeschafft werden.

Für meine Enkelkinder Joana, Lennart, Henrike und Charlotte. Ihnen stehen je nach Begabung und Neigung eine Vielzahl von Schulen und Ausbildungsmöglichkeiten zur Verfügung und sie wachsen in einem Land ohne Grenzen auf.

Teil I

Kriegsjahre

Meine Großeltern

Oma Tine wollte kurz nach Kriegsende Onkel Otto heiraten. Otto war Baptist und es sollte eine kirchliche Hochzeit werden, weil sie ihre besten Freunde durch die Gemeinde kennen gelernt hatten. Meine Mutter konnte Otto nicht leiden, aber sie musste wohl oder übel eingestehen, dass es für ihre Mutter die richtige Entscheidung sei. Oma Tine war seit 1941 verwitwet. Mein Opa Hermann hatte sich das Leben genommen, als er von den immer schlechteren Kriegsereignissen hörte. Annaliese erwartete Jutta und weinte sehr viel und lange über den plötzlichen Freitod ihres Vaters. Sie hatte zu ihm ein innigeres Verhältnis als zu ihrer burschikosen Mutter. Oma Tine stand nun mittellos da, während Onkel Otto noch berufstätig war und ein geregeltes Einkommen bezog. Außerdem erwartete er nach seiner Pensionierung eine gute Rente, die nach seinem Tod auch Oma Tine zugute käme, aber nur, wenn sie verheiratet wären. Meine Großeltern waren schon viele Jahre mit Otto und seiner ersten Frau Lina befreundet. Als Lina verstarb, zog Otto bei Tine ein, die ihn aufs Beste mit allem versorgte.

Meine Mutter und ich waren zur Hochzeit nach Hamburg eingeladen. Ich wollte Oma eine große Freude mit einem schönen Geschenk machen. Sie hatte mir einmal eine größere Menge Stickgarn in verschiedenen Farben mitgebracht. Ich bestickte also ein weißes Leinenkissen mit vielen bunten Blumen in ausgezähltem Kreuzstichmuster. Ich arbeitete mehrere Wochen an diesem Kissen. Bei Eintreten der Dunkelheit mussten wir uns häufig mit einer Notbeleuchtung über einen größeren Akku begnügen. Mir taten die Augen weh und in zwei Tagen sollte die Reise losgehen. Das Kissen ist knapp fertig geworden. Ich bekam wieder hohes Fieber und war krank. Mutti fuhr ohne mich nach Hamburg. Als sie wiederkam fragte ich sie: „Hat Oma sich sehr über das Kissen gefreut?“ Anscheinend ja, aber so richtig ausführlich hat sich meine Mutter darüber und über die Feier nicht geäußert. Viele Jahre später, als wir schon wieder in Hamburg wohnten, konnte ich Oma einmal selbst nach dem Kissen fragen. „Ach Lieselotte, es war tatsächlich wunderhübsch und Du hattest soviel Arbeit damit! Irgendwann musste ich das Kissen ja mal waschen und dabei sind die vielen Farben vom Stickgarn auseinander gelaufen", antwortete sie mir. Ich war sehr enttäuscht. Es gab doch schon chemische Reinigungen, ging es mir durch den Kopf.

Als Rudolf und ich unsere silberne Hochzeit planten - wir wollten eine Reise in die Toskana machen - besorgte ich mir im Handarbeitsgeschäft den Stramin und das Stickgarn für 10 Polsterkissen für unsere Esszimmerstühle. Ich gebrauchte 5 Jahre bis zur Fertigstellung. Danach wurden alle Stuhlsitze fachmännisch von einem Polsterer bezogen. Bei jedem neuen Kissen erinnerte ich mich an die verpatzte Hochzeit von Oma Tine.

An meinen richtigen Opa Hermann Clasen erinnere ich mich nur spärlich. Er ging häufig mit Christa im Kinderwagen und mir an der Hand an der Alster spazieren. Meine Mutter ging schwanger mit Jutta. Opa war sehr ernst und ruhig und fühlte sich bei seiner lebhaften und arbeitseifrigen Frau am falschen Platz. Meine Großeltern hatten um die Zeit einen Hausmeisterposten in einer kleinen Souterrain-Wohnung am Uhlenhorster Weg 33. Ihre Hauptarbeit bestand in der Wartung des großen Heizkessels mit Koks für das fünfstöckige Wohnhaus. Auch die Reinigung des Treppenhauses gehörte zu ihren Aufgaben.

Oma und Opa waren in einem Dorf bei Bredstedt aufgewachsen und hatten auch dort geheiratet. Oma Tine hatte 4 Geschwister: Agathe, Jule, Siegfried und Hermann Andresen. Bis auf den Letztgenannten waren alle Kinder nach den Jugendjahren in die Großstadt Hamburg gezogen. Zu meinem Onkel Siegfried, seiner Frau Ella und deren Sohn Hans-Sönke hatten wir immer ein sehr enges Familienverhältnis. Ich durfte als kleines Kind manchmal mit Hans-Sönke zu Onkel Hermann nach Bredstedt reisen. Onkel Hermann und seine Frau Minna unterhielten dort ein kleines Fuhrunternehmen und etwas Landwirtschaft. Das war ein Paradies für uns Stadtkinder. Ich liebte den warmen Kuhstall und guckte sehr gerne beim Melken zu. Das hatte Tante Minna nicht so gern. Die Kühe wurden abgelenkt und sie rutschte dann vom Melkhocker herunter. Mit Hans-Sönke haben wir ein kleines Kriechzelt im Garten aufgebaut. Es war sehr heiß da drinnen. Tante Minna weigerte sich, mit etwas Kuchen und Saft herein zu kriechen. Sie war ein richtiger Spielverderber.

Opa Hermann hatte 18 Geschwister. Er erzählte meiner Mutter oft und gern von seiner Mutter und dass diese ihren Kindern das Tanzen mit einem Besenstiel als imaginären Partner beigebracht hätte. Es waren arme Landarbeiter. Mein Opa war sehr musikalisch. Er konnte jedem Musikinstrument, das ihm zur Hand kam, wunderbare Melodien entlocken. Darum stand bei meinen Eltern und Großeltern immer ein Klavier im Haus. Annaliese hatte in ihrer Jugend mehrere Jahre Klavierunterricht. Als wir in Häven lebten holte sie oft und gern ihre alten Noten hervor und setzte sich zum Spielen ans Klavier. Ich hörte ihr gern zu, da sie flotte Melodien spielte, nämlich so genannte Gassenhauer und bekannte Volkslieder, die wir auch in der Schule sangen. Christa bekam auch Klavierunterricht. Sie brachte es sehr viel weiter als meine Mutter und durfte sogar einmal bei dem Wettbewerb „Jugend musiziert" mitmachen. Mein Traum war Akkordeon zu spielen. Aber das ließ sich mit meinen Eltern nicht machen. Ich sollte besser beim Zeichnen und Handarbeiten bleiben. Lediglich Norbert ist es einige Jahre später gelungen, meine Eltern von der Notwendigkeit seines Musikunterrichtes auf einer Oboe zu überzeugen. „Länger als ein Jahr wirst Du wohl nicht gebrauchen, um auf diesem Blasinstrument perfekt zu werden. Für diese Zeit unterstützen wir Deinen Unterricht." Na ja, es wurden dann doch einige Jahre mehr daraus.

Die glücklichsten Jahre meiner Großeltern verbrachten sie mit der kleinen Annaliese im herrschaftlichen Anwesen der Familie Bromberg im Theresienstieg an der Alster. Sie hatten diese Dienstbotenstelle unter dem Versprechen angenommen, keine weiteren Kinder zu bekommen. Mein Opa war gelernter Kraftdroschkenfahrer. Er pflegte und bewegte das Brombergische Pferde- und Kutscheninventar und fuhr seine Herrschaften zum Arbeitsplatz ins städtische Büro und alle anderen Familienmitglieder wohin es gerade verlangt wurde. Das Ehepaar Bromberg war bereits über 40 Jahre alt, als sich bei ihnen unerwartet noch einmal Nachwuchs einstellte, nämlich die kleine Renea. Frau Bromberg schämte sich ein bisschen ob dieses Malheurs, denn sie hatte ja schon erwachsene Kinder. So schien es eine gute Lösung zu sein, dass die kleine Annaliese, die mit ihren Eltern im angrenzenden Kutscherhaus wohnte, mit Renea spielen konnte, sowohl im großen Haus als auch im großen Garten. Die beiden Mädchen gingen einige Zeit gemeinsam zur Schule und bekamen ebenfalls Klavierunterricht. Meine Großmutter war Köchin bei Brombergs und wenn erforderlich auch Hausschneiderin.

Als die Familie Bromberg Ende der zwanziger Jahre nach Amerika auswanderte, wollte Oma Tine sich selbstständig machen. Man suchte und fand ein kleines Wäschegeschäft im Souterrain in Winterhude. Oma Tine war Weißnäherin und fertigte auf Bestellung Bettwäsche, Leibwäsche, Tischwäsche, Schürzen und Kissenbezüge an. Nebenbei zog sie ihre Tochter Annaliese auf und lehrte sie schon in jungen Jahren das Nähen auf der Singer-Nähmaschine. Opa Hermann fühlte sich in dieser reinen Frauenumwelt überflüssig und versank in Depressionen. Nachdem meine Mutter die Grundschule mit Erfolg beendete, wünschte sie eine richtige Schneiderlehre in einem fremden Betrieb zu machen. Oma Tine war einverstanden und so ging meine Mutter auf Jobsuche. Sie erkannte recht schnell, dass es eigentlich Zuhause gar nicht übel war und überall mit gleichen Stoffen und Garnen genäht wurde, auch der Verdienst war nicht der Rede wert. So arbeiteten beide Frauen Hand in Hand in der kleinen Nähstube und standen abwechselnd hinter dem Ladentresen.

Junges Familienglück

Meine Mutter wurde Mitglied in einem Hamburger Paddelverein an der Alster. Nun kam sie mit vielen jungen Leuten zusammen, u.a. auch mit John Kaatze, den sie ein paar Jahre später heiratete. Zusammen mit John waren auch seine Schwester Lotti und sein Bruder Ernst Mitglied im Paddelverein. John war der Jüngste. Auch eine Hedi gehörte zu dieser Clique. Annaliese bzw. ihre Eltern besaßen ein eigenes Boot und so traf sich die Jugend so oft wie möglich am Abend nach Geschäftsschluss am Bootssteg. Sie dümpelten stundenlang auf dem Feenteich und erkundeten die vielen Alsternebenarme. Dabei lernte man sich näher kennen und kam sich in jeder Hinsicht näher. Schließlich waren John und Annaliese die Ersten aus der Paddelclique, die im Mai 1933 heirateten, denn sie wünschten sich viele Kinder. Die wirtschaftliche Lage war für die junge Familie äußerst ungünstig. John hatte in dem Autohaus Krim eine kaufmännische Lehre absolviert und wurde kurze Zeit darauf arbeitslos. Seine Mutter Martha und die Geschwister Lotti und Ernst standen Anfang der dreißiger Jahre fast mittellos da. John war zeitweise der einzige Verdiener in der Familie.

Als so genanntes Hochzeitsgeschenk richtete Oma Tine meinen jungverheirateten und sehr glücklichen Eltern ein kleines Wäschegeschäft ein. Für die noch kleinere 2-Zimmer-Wohnung hinter dem Laden schenkte Oma ihnen ihr abgelegtes Schlafzimmer, das mit einem rosafarbenen Anstrich aufgewertet wurde. Mein Vater musste mit den für ihn viel zu kurzen Betten zurechtkommen. Als die gefräßigen Holzwürmer die Bettpfosten eines Tages ganz in ihren Besitz genommen hatten, wurde dieses Aussteuerschlafzimmer gegen ein solideres Eichenschlafzimmer als Geschenk von meiner Oma Martha eingetauscht. Das wiederum wich erst kurz vor der goldenen Hochzeit meiner Eltern einem neu gekauften weißen Schleiflack-Schlafzimmer. Aus den stabilen langen Eichenbrettern des dunklen Schlafzimmers Nr. 2 baute Onkel Fiete sich eine solide Werkbank. Das weiße Schleiflackzimmer verblieb nach dem Tode unserer Mutter bei den Mietnachfolgern im Röbbek und sieht mit vergoldeten Verzierungen immer noch sehr schön aus.

Zur Ersteinrichtung von John und Annaliese gehörte außerdem ein Büfett in Wurzelholz-Optik und glänzender Oberfläche. Dafür schenkte Oma Tine ihren Kindern ein sehr großes Ölgemälde mit Goldrahmen, das sie bei einer befreundeten Malerin in Auftrag gab. Es zeigt knallrote Pfingstrosen in einer Vase und wurde in der Spachteltechnik gemalt. Dieses Bild hängt jetzt bei Petra im Haus.

Meine Mutter nähte Tag und Nacht in der kleinen Stube hinter dem Laden, während mein Vater die Kundschaft bediente. Er wurde immer unzufriedener mit der ungewohnten Tätigkeit, weil er von Kinderkragen und kleinen Leibchen keine Ahnung hatte. Die junge Ehe durchlitt eine harte Bewährungsprobe. Ein Jahr nach ihrer Hochzeit wurde ich geboren und verbrachte meine ersten Lebensmonate im Babykörbchen neben Muttis Nähmaschine. Meine ersten gezielten Greifübungen zielten auf Stecknadeln und Stoffreste.

Nach ca. zwei Jahren war die junge Familie ziemlich verschuldet und mit den Nerven am Ende. Mein Vater streikte als Erster und schmiss seine Hilfe im Laden hin. Er wollte wieder zurück in seinen erlernten Beruf. Harry Krüger mit seiner jungen Firma für den Werkzeughandel stellte meinen Vater als kaufmännischen Sachbearbeiter ein. Das Anfangsgehalt war sehr spärlich und meine Eltern krampften lange Zeit an der Rückzahlung ihrer Schulden. Meine Mutter lieh sich am Ende des Monats häufig eine kleine Summe von Oma Tina, um wenigstens die nötigsten Lebensmittel einkaufen zu können. Wenn sie dann das monatliche Wirtschaftsgeld von meinem Vater erhielt, zahlte sie auf Heller und Pfennig alles zurück.

Nachdem meine Eltern ihr kleines Wäschegeschäft aufgegeben hatten, mieteten sie sich eine Dachgeschosswohnung in der Heinrich-Hertz-Strasse in Hamburg-Winterhude. Sie besaßen nur wenig Mobiliar und Mutti wünschte sich sehnlichst einen neuen Elektroherd. Damals besaßen Mietwohnungen keine Kücheneinrichtungen. Annaliese kaufte ohne Wissen meines Vaters einen einfachen Herd auf Abzahlung, den sie jeden Monat mit DM 10,- zurückzahlen musste. Das war eine riesige Belastung für die schmale Haushaltskasse und meine Mutter hat diese Schulden nie wieder vergessen und vor allem nie wiederholt. Auch uns Kindern erzählte sie von dieser Erfahrung, die ich mein Leben lang beherzigte. Bald darauf wurde meine Schwester Christa geboren, nämlich am 22. Februar 1937. Die Wohnung wurde mit zwei Kindern zu eng und so zog die Familie in die Richterstraße 11 in den dritten Stock.

Ich wollte sehr gern Rollschuhlaufen erlernen und musste mich immer gedulden bis meine Mutter Zeit und Lust hatte, um mit mir zum nahegelegenen Hofweg zu gehen, wo am Kanal entlang Gehwegplatten zum Rollschuhlaufen geeignet waren. Eines Tages machten meine Eltern mir eine große Freude, indem sie auf unserem langen Korridor eine Zimmerschaukel anbrachten und mir auch erlaubten, auf dem Korridor Rollschuh zu laufen. Es war wohl manchmal sehr laut bei Familie Kaatze. Insbesondere unser Untermieter, ein Berufsmusiker, beschwerte sich darüber. Meine Mutter war sehr bemüht, keinen Streit aufkommen zu lassen und so besuchte sie Herrn Ahlers, den Cellisten, brachte ihm ein kleines Mitbringsel und fachsimpelte über seine wohlklingenden Celloübungen und dass sie liebend gern seine Konzerte besuchen würde.

An einem Nachmittag bat uns unsere Mutter: „Christa und Lieselotte, Ihr könntet ein bisschen nach draußen gehen und für uns beim Milchmann einen Liter Milch einkaufen. Hier ist die leere Milchflasche, aber seid vorsichtig.“ Wir waren sehr fröhlich und hopsten vergnügt über das quadratisch verlegte Gehwegplattenmuster. Alle Kinder spielten gern dieses Hinkebein-Hopsen. Christa fiel mit der vollen Milchflasche hin und ihr Gesicht landete mitten in dem Scherbenhaufen. Eine Nachbarin hob meine stark blutende Schwester auf und trug sie hinauf zu unserer Mutter. Das Glas hatte eine starke Schnittwunde auf dem Nasenbein genau zwischen den Augen verursacht, die sofort von unserem Arzt geklammert wurde. Die Narbe ist bis heute gut sichtbar.

Rudolf ist als 15-Jährigem in der hungernden Nachkriegszeit ein ähnliches Missgeschick passiert. Seine Mutter gab ihm den letzten Lebensmittelbon für eine Flasche Speiseöl zum Einkaufen mit. Als er die fetthaltige Flasche von der Ladentheke ergriff, rutschte sie aus seinen Händen auf den Boden. Es war furchtbar für Rudolf seiner Mutter dieses Unglück einzugestehen. Er musste bei diesen und ähnlichen Vergehen immer mit psychischen oder physischen Bestrafungen rechnen. Als ich Rudolf und seine Eltern Jahre später kennen lernte, fiel mir ziemlich bald das angespannte Verhältnis zwischen meiner Schwiegermutter und ihrem ältesten Sohn auf. Eigentlich umso mehr als ich mit meiner Mutter zeitlebens ein sehr kameradschaftliches Verhältnis hatte.

Als wir 1939 vom Beginn des Krieges erfuhren, hörte ich tagelang Gesprächsfetzen von meinen Eltern, dass es unserer Familie hoffentlich nicht noch einmal so schlecht und hungernd wie nach dem ersten Weltkrieg 1920 ergehen würde. Die kleine Annaliese war damals zu einer holländischen Familie in der Nähe von Amsterdam verschickt worden. Sie hatte dort kein eigenes Bett und musste mit mehreren Kindern das Bett und Zimmer teilen. Sie litt unter starkem Heimweh und Sehnsucht nach ihrer Mutter.

Um diese Zeit wurde in der Richterstraße 22 auf der dritten Etage eine 5-Zimmer-Wohnung frei, in die wir, nur die Straßenseite wechselnd, einzogen. Diese Wohnung hatte eine herrliche Loggia, von der wir in gepflegte Gärten und eine Gärtnerei gucken konnten. Das war ein richtiges Freiluftzimmer und so brauchten wir Kinder nicht mehr jeden Nachmittag Richtung Alster spazieren zu gehen.

Bild 1: Umzug in der Richterstraße

Unsere Etagennachbarn hatten zwei Söhne im Alter von Christa und mir. Die kamen häufig zum Spielen zu uns herüber; wir gingen allerdings selten nach nebenan. Es war bei diesen Nachbarn alles so muffig und trübselig. Unser Kinderzimmer befand sich im hinteren Teil der Wohnung mit Ausgang auf die Loggia. Ich erbte das verschnörkelte Messsingbett der verstorbenen Vormieterin mit Muttis Anordnung, die vielen kleinen Kugeln und Stäbe alle paar Wochen mit Messingreiniger zu putzen. Dieses wunderschöne, aber leider pflegeaufwendige Eisenbett behielt ich bis zu meinem Auszug aus dem Röbbek. Christas und mein Spielzeug waren damals recht bescheiden. Ich besaß zwar einen Puppenwagen mit einer Puppe, aber richtig spielen mochte ich nicht damit. Bei meiner Schulfreundin Karin Groth sah ich ein wunderschönes dreistöckiges Puppenhaus mit vielen handgearbeiteten Möbeln, die der Vater angefertigt hatte. So etwas wollte ich auch haben und war entschlossen, wenn meine Eltern es mir nicht schenken konnten, diverse hölzerne Puppenmöbel selber zu basteln. Ich bekam zum 8. Geburtstag eine Laubsäge mit zwei Klemmen und etwas Sperrholz geschenkt und war überglücklich, endlich an die Arbeit gehen zu können. Außer unseren zwei Betten stand noch ein runder Holztisch mit einigen Stühlen im Kinderzimmer. Dieser Tisch war meine Werkbank. Ich sägte mit Leidenschaft die vorgestrichelten Einzelteile meiner zukünftigen Puppenmöbel aus dem Holzbrett. Irgendwann sollten die vielen Teile mit Tischlerleim zusammengeklebt werden. Der Tischlerleim in Pulverform musste in einem Kochtopf auf Muttis Küchenherd verflüssigt und möglichst heiß verarbeitet werden. Vom Ergebnis meiner Bastelarbeiten war ich furchtbar enttäuscht, denn die erdachten Puppenmöbel sahen ganz anders aus und wollten vor allem partout nicht vernünftig stehen. Mutti hatte meine Arbeiten die ganze Zeit mit großer Nachsicht begleitet. Nur als sie durch Zufall Sägespuren an dem runden Esstisch entdeckte, bekam ich eine Tracht Prügel mit ihrem Meterstock. Es war die einzige ernsthafte Bestrafung, die ich je erhielt. Anstelle von Laubsägearbeiten versuchte ich mich danach an Töpferarbeiten auf Gipsbasis. Es gab ja noch kein Bastelton zu kaufen. Ich formte sehr schöne Häuser und Gebirge am Küchentisch, die nach dem Erstarren mit Tuschfarben angepinselt wurden. Außer diesen Bastelarbeiten beschäftigte ich mich häufig mit irgendwelchen bedruckten Briefbögen, die mein Vater als Abfall aus dem Büro mitbrachte. Ich schrieb kleine

Geschichten darauf und versuchte mit Klebe, Buntpapier und Schere schöne Formen auszuschneiden.

Im April 1939 wurde ich vier Wochen vor meinem sechsten Geburtstag in die Grundschule in der Averhoffstraße eingeschult. Dort lernte ich meine ersten Freundinnen kennen. Sie hießen Ingrid Toelcke und Karin Groth. Wenn die erste Unterrichtsstunde begann und die Lehrerin die Klasse betrat, standen wir Kinder auf, hoben den rechten Arm zum Gruß und brüllten laut: „Heil Hitler." Nach kurzer Zeit beorderte die Lehrerin meine Mutter zu einem Gespräch in die Schule. Mutti nahm mich in die Arme und fragte, ob ich irgendetwas nicht könnte oder etwas angerichtet hätte. Ich war mir keiner Schuld bewusst. Sie ging also ohne Befürchtungen zum Gespräch in die Schule und hörte von meiner Lehrerin: „Frau Kaatze, Ihre Tochter Lieselotte in meiner Klasse kann den Morgengruß nicht einwandfrei sprechen. Sie hat offensichtlich Sprachschwierigkeiten. Sie grüßt ständig mit „Heile Hitler". Ich schlage vor, Lieselotte auf eine Sonderschule für Sprachbehinderte zu geben." Die spontane Reaktion meiner Mutter habe ich nie erfahren. Sie muss sehr heftig und resolut gewesen sein. Ich verblieb in der Klasse und übte tagelang Zuhause das korrekte „Heil Hitler" auszusprechen.

Anfang des Jahres 1941 war meine Mutter wieder schwanger. Uns stand nun ein so genanntes Pflichtjahrmädchen zu. Sie hieß Ida, war gerade aus der Schule entlassen und eigentlich selbst noch ein Kind. Die Hausarbeit besorgte weiterhin meine Mutter, wobei sie für uns zwei bzw. später drei Mädel sämtliche Kleidchen mit Smokarbeit und Hamburger Mäntel selber nähte. Im Winter trugen wir weiße Baumwollleibchen, an denen die Höschen und die langen Strümpfe angeknöpft wurden. Lange Hosen kannte ich damals noch nicht. Als wir uns in der Schule vor einer Sportstunde umziehen mussten, lachten mich einige Mitschülerinnen wegen meiner eigenartigen Unterwäsche aus. Ich heulte meiner Mutter diese Peinlichkeit vor und weigerte mich mit Erfolg weiterhin Leibchen zu tragen.

Etwa so ähnlich muss es meiner Tochter Petra später ergangen sein als sie bei der Einschulung und zu besonderen Anlässen selbstgenähte Smokkleider tragen sollte. Das erste Kleidchen trug sie am Tag ihrer Taufe. Sie war ½ Jahr alt und passte gerade eben in das überlieferte Familientaufkleid aus reiner Spitze, das ich und meine Schwestern schon getragen hatten. Wir feierten nach der kirchlichen Taufzeremonie mit den Großeltern, Paten und engsten Freunden bei uns im Haus. Danach nähte ich für Petra noch 12 weitere Smokkleider. Leider sind diese Textilen völlig aus der Mode gekommen und so hatten unsere Enkelmädchen Joana, Henrike und Charlotte keine Verwendung mehr dafür.

Da Ida von Hausarbeit und Essenkochen keine Ahnung hatte, ging sie mit Christa und mir sehr viel spazieren, meistens an die Alster. Dort gab es einen kleinen Spielplatz, wo wir mit anderen Kindern zusammen waren. Ein oder zweimal in der Woche schoben wir mit Jutta im Kinderwagen den Winterhuder Weg entlang bis zur Oberaltenallee. Dort wohnte Familie Joerss mit ihren beiden Jungs Klaus und Detlef. Tante Lotti war meine Patentante und meine Cousins ein Jahr jünger als wir. Da meine Mutter keine Geschwister besaß, akzeptierte sie meine Tante fast wie ihre Schwester. Tante Lotti war etwas älter als sie und hatte durch die Gastronomie ihrer Eltern bzw. meiner Oma Martha mehr Erfahrung in der Küche. Ich freute mich immer auf die Besuche bei meinem Cousin Klaus. Sie bewohnten das Erdgeschoss in einer Gründerzeitvilla, hatten einen nach hinten liegenden Garten, der an die U-Bahngleise grenzte und mittendrin einen riesigen Birnenbaum. Die beiden Schwägerinnen klönten rauchenderweise im Wohnzimmer oder in der Küche und wir Kinder spielten und hopsten Trampolin ähnlich auf den Ehebetten herum. Das war bei uns Zuhause streng verboten. Außerdem tobten wir im Garten und schaukelten am Birnbaum. Der abendliche Heimweg erschien mir immer sehr lang und langweilig. Ich wäre lieber mit der Straßenbahn gefahren.

Im Sommer stellte Papis Chef, Herr Krüger, uns sein Wochenendhaus in Bergstedt direkt am Alsterlauf zur Verfügung. Es gab dort ein Paddelboot und einen Bootssteg, worüber meine Eltern sich sehr freuten, da sie ja in ihren Jugendjahren sehr viel Paddelsport betrieben hatten. Christa und ich spielten gerne im Garten, während Papi und Mutti einen kleinen Schlag auf dem Wasser machten. Wenn es warm genug war, konnten wir auch baden. Meine Mutter schwamm vom Bootssteg aus und wir Kinder planschten nebenan mit den Füßen im Wasser. Plötzlich war Christa nicht mehr bei mir und Mutti war auch nicht in der Nähe. Ich schrie ganz laut: „Mutti, da hinten schwimmt Christas Po auf der Wasseroberfläche." Wir haben uns alle furchtbar erschrocken, weil Christa beinahe ertrunken wäre.

Die Flottbeker Reithalle

Seit Anfang der dreißiger Jahre lebte Oma Martha in der Flottbeker Reithalle. Diese gehörte der Familie Hans und Erika Meyer, die beide dem aktiven Reitsport sehr verbunden waren. Ursprünglich war es ein landwirtschaftlicher Betrieb gewesen, wozu sehr viele Ländereien in den Elbvororten gehörten. Hans Meyer war Reitlehrer geworden und baute die Reithalle nebst Stallungen zu einem bekannten und beliebten Hamburger Sportclub aus. Meine Großmutter bewirtschaftete zusammen mit ihrem zweiten Ehemann, einem Herrn Sagell, die „Alte Schmiede“ in Groß Flottbek. Das war ein ortsbekanntes und gut florierendes Restaurant mit Stammkneipen-Betrieb und Tanzvergnügen. Für die Flottbeker Jugend war es ein beliebtes Trefflokal. Herr Sagell hatte zwar die Konzession für das Lokal, aber als bodenständiger Wirt war er ungeeignet. Er versuchte sich lieber in der Maklerbranche und machte auch immer wieder Spielschulden.

Oma Martha konnte auf Dauer den anstrengenden Betrieb bis in die späten Nachtstunden nicht aufrechterhalten. Außerdem lebte sie in ständiger Sorge, wo ihr Mann sich gerade mal wieder herumtrieb. Die Kinder litten ebenfalls unter den zermürbenden Ehe- und Alltagssorgen und sie beschlossen, dass sich die Eltern trennen mussten und die „Alte Schmiede“ aufgegeben werden sollte. Oma Martha stand nun zum zweiten Mal in ihrem Leben existenzlos da. Ihr erster Mann, mein Großvater John Emil Kaatze, den sie aus Liebe 1905 geheiratet hatte, war nach 5-jähriger Ehe tödlich verunglückt. Er war gelernter Maler und an jenem Unglückstag damit beschäftigt gewesen, die Fassade eines Hauses anzustreichen. Er stand ziemlich hoch oben auf der Leiter, als er durch Zufall die Stimme seiner Frau hörte. Er drehte sich kurz um in Richtung meiner Oma, verlor dabei das Gleichgewicht und schlug tödlich verletzt auf den Erdboden.

Wenn meine Eltern und auch meine Tante Lotti von ihrer Mutter Martha sprachen, klang immer sehr viel Mitleid und Bedauern in ihren Erzählungen mit. Die kleine Martha hatte schon früh ihre leibliche Mutter verloren. Ihr

Vater heiratete ein zweites Mal und es wurden danach Marthas Halbgeschwister Anni, Erna, Ernst und Rudi Wienecke geboren. Martha verbrachte mit ihrer Stiefmutter und den Stiefgeschwistern keine sehr glückliche Jugend, da sie als unbezahltes Haus- und Kindermädchen ausgenutzt wurde. Umso größer war ihr Glück also, als sie im Alter von 24 Jahren meinen ein Jahr älteren Großvater John Emil Kaatze heiratete und ihr eigenes kleines Zuhause gründete. Nach dem plötzlichen Tod von John Emil machte Martha eine schlimme Nervenkrise durch, da sie mit den drei kleinen Kindern völlig mittellos dastand. Immerhin zeigten ihre Stiefmutter und ihre Halbschwester Erna ein gewisses Mitgefühl und versuchten der kleinen Familie etwas unter die Arme zu greifen. Erna blieb als einzige kinderlos und hat sich bis zu ihrem Tod sehr viel um Marthas drei Kinder und deren Nachkommen gekümmert.

Die beiden älteren Kinder Lotti und Ernst wandten sich an Hans Meyer, dem Besitzer der Flottbeker Reithalle. Er suchte einen neuen Pächter für das Reiterkasino. Also zog Oma Martha dort ein und bewirtschaftete die reiterliche Gastronomie 15 Jahre lang. Meine Eltern mit Jutta im Kinderwagen und Christa und mir an der Hand fuhren im Sommer sehr häufig mit der S-Bahn zu unserer Großmutter nach Groß Flottbek. Meistens waren dann auch schon Tante Lotti mit Klaus und Detlef dort eingetroffen, weil Lotti ihrer Mutter beim Ausschank helfen musste. In der Woche kamen nur die Dauerreiter zu ihren Pferden, um diese entweder in der Halle oder draußen auf dem großen Freigelände zu bewegen. Dann kochte Oma Martha hauptsächlich kräftigen Bohnenkaffee in riesigen Kannen und konnte auch stets frischen selbstgebackenen Zitronenpuffer anbieten. Für hungrige abendliche Reiter offerierte sie gut belegte Schinken- und Wurstbrote oder eine heiße Suppe, natürlich alles aus eigener Küche. Wenn der sommerliche Ausflugsverkehr oder ein Reitturnier angesagt war, gebrauchte Oma Martha Koch- und Bedienungshilfen. Dann mussten Tante Lotti und Annaliese einspringen. Die kleinsten Kinder wurden in Omas Ehebetten in ihrer Wohnung oberhalb des Casinos zum Schlafen gelegt und die größeren spielten und erkundeten die schönen Außenanlagen mit ihren Knicks, Blumenbeeten und dem Misthaufen. Da roch es immer so gut und ich verstand überhaupt nicht, warum die Erwachsenen die Nase rümpften.

Wenn wir die Reiter mit einigem Abstand beobachteten, vergaß ich alle Vorsichtswarnungen meiner Eltern und träumte davon, eines Tages, wenn ich endlich einmal groß sein würde, auch auf einem Pferd reiten zu können. Mit knapp 20 Jahren konnte ich meinen Traum endlich realisieren. Ich war von einem einjährigen Aufenthalt aus London zurück, hatte eine gut dotierte Anstellung in einer Plastikfabrik und meldete mich zum Reitunterricht beim Reitstall Grewe in Groß Flottbek an. Das war im Jahr 1954. Ich wurde Mitglied in einem studentischen Reiterverein. Es gab zu jener Zeit nur ein paar wenige Privatpferde. Unsere Schulpferde waren nicht mehr ganz jung, und der einzige Stallknecht im Stall, der gute Friedrich, bemühte sich redlich, die bestellten Pferde für unseren Reitunterricht zu putzen und zu satteln. Heute muss ich diese Vorarbeit alleine verrichten. Ich glaube ich machte in meiner anfänglichen Reiterlaufbahn die schnellsten Fortschritte, weil ich das Glück hatte, schon nach kurzer Zeit den dressurmäßig ausgebildeten Schimmel des Reitlehrers Ernst Jöns reiten zu dürfen. Das war natürlich ein großes Privileg. Ernst Jöns war lange Jahre angestellter Reitlehrer bei Hans Meyer in der Flottbeker Reithalle und kannte mich schon als kleines Kind von den Besuchen bei Oma Martha. Er scherzte gerne mit mir und erzählte jedem, der es hören wollte, dass ich schon auf seinem Schoß Hoppe Reiter gelernt hätte.

Als wir in der Richterstraße Anfang des Krieges schon einige Luftangriffe auf Hamburg erlebt hatten und die Nächte im Keller verbringen mussten, sprachen meine Eltern davon, dass sich auch für Oma Martha im Reiterkasino vieles verändert hätte. Wir Kinder sollten uns nicht wundern, wenn bei unserem nächsten Besuch dort keine Pferde mehr zu finden seien. Sie taten ziemlich geheimnisvoll und fuhren gar nicht so freudig nach Flottbek. Oma begrüßte uns in bedrückter Stimmung. Wir sollten nicht so herumtoben. Die gesamte Reitanlage nebst Halle und Büros war von der Wehrmacht konfisziert worden. Es war jetzt ein Offizierskasino, in dem Oma Martha nur noch geduldet wurde. Wir Kinder entdeckten sehr schnell eine neue Spielvariante, nämlich Versteckspielen in den Sperrballons. Davon lagen nun bis zu 3 Exemplaren aufgeblasen gleichzeitig in der umfunktionierten Reithalle und wurden dort begutachtet und repariert. Klaus und ich schlichen uns durch die bekannten Seitentüren in die Werkhalle und dann, wenn die Luft rein war, in einen aufgeblasenen Ballon. Das war eine riesige helle Blase, unsere Höhle, und wir trauerten den Pferden gar nicht mehr nach.

Tante Lotti und meine Mutter deckten sich mit riesigen Mengen von Fallschirmseide und gummierten Stoffen ein. Aus diesen Materialien nähte meine Mutter jahrelang feine Herrenoberhemden für meinen Vater und später auch gegen Entgeld für fremde Kunden. Aus den gummierten Stoffen bekamen wir Kinder Regenbekleidung, die ich an einem heißen und trockenen Sommertag stolz meiner Freundin auf der Straße vorführte.

Luftangriffe auf Hamburg

Mutti war nach Juttas Geburt im Juni 1941 sehr schwach und ruhebedürftig. Jutta wog fast 5 kg bei ihrer Geburt und hatte einen sehr großen Kopf. Sie hatte Muttis Figur stark entstellt, so stark war der Bauch, dass mein Vater sich ein bisschen schämte, mit ihr gesehen zu werden.

Die Luftangriffe auf Hamburg wurden immer intensiver und unsere Eltern weckten uns immer häufiger, um nach dem vorangegangenen Frühalarm sofort beim lang gezogenen Sirenenton die Schutzkeller im Hause aufzusuchen. Christa und ich taumelten noch fast im Schlaf die drei Stockwerke herunter, Mutti in der Mitte von uns und dabei noch ein so genanntes Notgepäck tragend. Das Baby Jutta war nicht immer dabei. Normalerweise benutzten alle Mieter des Wohnhauses die beiden Fahrstühle, einen älterer und einen neuerer Bauart. Bei Einbruch der Dunkelheit mussten aber die meisten Licht- und Stromquellen abgeschaltet werden, warum auch alle Zimmer der Wohnung abends durch hässliche dunkle Fensterrollos verdunkelt wurden. Auch die Fahrstühle wurden beim ersten Sirenenalarm abgeschaltet. In den Kellerräumen eingetroffen, wurden die jüngeren Kinder von den Erwachsenen getrennt und in einen separaten Schlafkeller verfrachtet. Dort standen mehrere eiserne Etagenbetten mit groben Wolldecken in totaler Finsternis. Beruhigend sagte unsere Mutter: „Gute Nacht, Christa und Lieselott, Ihr könnt ruhig weiterschlafen.“ Doch spätestens als die Tür zu unserem Schlafkeller geschlossen wurde, befiel uns ein großes Unbehagen und Alleinsein-Gefühl. Ab und zu öffnete sich die Tür und irgendjemand horchte nach uns. Aus einer Ecke hörte man: „Bitte, lassen Sie mich zu meiner Mutter, ich kann hier nicht schlafen.“ Es blieb immer unerhört. Erst nach der Entwarnung holte Mutti uns wieder zu sich und wir stiegen gemeinsam die Kellerstufen hoch. Nach einem sehr langen und heftigen Bombenangriff wagten wir ein paar Schritte vor die Haustür und sahen vor uns eine riesengroße Feuerwand. Der ganze Straßenzug parallel zur Richterstraße war ein Flammenmeer und Papi erzählte uns, dass die Garage mit den Firmenautos abgebrannt sei. Wir Kinder suchten und fanden vor unserer Haustür sehr bizarre Flacksplitter und nahmen sie als Spielzeug mit nach oben.

Papi war selten bei Fliegeralarm mit uns in den Kellerschutzräumen. Er verschwand aus der Wohnung, um sich mit anderen Leuten beim Brandschutz zu melden. Das Büro und das Lager von Papis Firma, nämlich Walter Hauenschildt, befand sich im Raboisen im Erdgeschoß bzw. in mehreren unterirdischen Kellerkatakomben. Dort war auch die Koksheizung für das gesamte Gebäude. Mein Vater arbeitete in den Kriegszeiten und auch viele Jahre danach mindestens sechs Tage in der Woche, von 8 Uhr morgens bis häufig 7 oder 8 Uhr abends. Er saß nicht nur am Schreibtisch, er besuchte auch sehr gerne seine Kunden und inspizierte die Lagerbestände in der Stadt und in Timmendorf. In den kühleren Herbst- und Wintermonaten, wenn die Heizung auf Dauer lief, ging er außer sonnabends auch sonntags zum Raboisen, um nach dem Rechten zu sehen und den Heizkessel mit Koks aufzufüllen. „Papi, darf ich heute mit Dir gehen?“, fragte ich und tatsächlich durfte ich manchmal mit. Das war für mich immer ein großes Ereignis. Ich besah mir so gerne die vielen Regale und Fächer mit Handwerkszeug und den vielen Schrauben und Nägeln. Zum sonntäglichen Mittagessen waren wir wieder zurück und danach hatten wir meistens einen Nachmittagsspaziergang vor uns oder einen Besuch bei unseren Onkel und Tanten oder Großmüttern. Walter Hauenschild und Harry Krüger und deren Angestellte bekamen im Krieg den Status „uk“ zuerkannt, was soviel wie „unabkömmlich“ bedeutete. Dadurch entging mein Vater einer Einberufung zur Front. Seine Firma belieferte die Rüstungsindustrie mit Werkzeugen und allerhand technischem Gerät. Auch mein Onkel Erwin Jörss war einige Zeit für Walter Hauenschild tätig, wurde dann aber doch noch in der letzten Kriegsphase einberufen.

Umzug nach Bredstedt

Im Sommer 1943, als Jutta knapp zwei Jahre alt war und die ersten Laufversuche unternahm, wurden meine Eltern vor die Wahl gestellt: entweder die beiden älteren Geschwister Christa und Lieselotte mit der Kinderlandverschickung aus Hamburg heraus und somit an einen sicheren Ort zu geben, oder meine Mutter sollte mit allen drei Mädchen Hamburg verlassen. Meine Eltern entschieden sich für die zweite Variante und so planten wir, mit einigen wenigen persönlichen Habseligkeiten zu unseren Verwandten Tante Minna und Onkel Hermann nach Bredstedt zu evakuieren. Wir fuhren mit dem firmeneigenen Fahrzeug, einem dreirädrigen Tempo, aus der stark zerstörten Stadt heraus als plötzlich wieder die Sirenen aufheulten. Wir waren ziemlich überrascht, dass auch außerhalb des Stadtgebietes Luftalarm gegeben wurde. Gott sei Dank passierte uns nichts und so kamen wir müde und entnervt in Bredstedt an. Onkel Hermann war Oma Tines Bruder. Hermann Andresen blieb als einziger von allen Geschwistern nach seiner Heirat in Bredstedt hängen und hatte sich durch sein Fuhrunternehmen einen gewissen Wohlstand und Bekanntheitsgrad in Nordfriesland verschafft. Die beiden Eheleute wohnten in einem roten Klinkerhaus mit spitzem Giebel, von deren Bauart es viele Häuser im Husumer Raum gibt. Meine Mutter kannte sehr viele Leute in Bredstedt aus ihren Kindheitstagen. Sie war häufig mit ihrer Mutter dort bei Verwandten auf Besuch gewesen und verstand auch den für uns Kinder etwas ungewohnt klingenden Friesendialekt. So war Mutti also ganz optimistisch, dass es ihr und uns drei Kindern während unseres Aufenthaltes bei ihrem Onkel gut gehen würde. Wir lebten ja ständig in der Hoffnung, dass der Krieg sehr bald vorüber sei und wir sofort in unsere Wohnung in die Richterstraße zurückkehrten.

Der Kuhstall war am hinteren Teil des Wohnhauses angebaut und dort befand sich auch das Plumpsklo mit Herzchentür. Tante Minna versorgte ein paar Kühe, die morgens und abends im Stall gemolken wurden. Danach trieb sie sie auf die eigene Koppel gleich hinter ihrem Haus. Manchmal hatte sie große Mühe, die Milchkühe mit lautem Rufen abends wieder in den Stall zu locken. Dann durfte ich mit ihr ans hintere Ende der Koppel gehen und die Kühe zurücktreiben. Wir entdeckten dabei viele Wiesenchampignons zwischen den Kuhfladen und sammelten sie in mitgebrachten Körben ein. Wenn Tante Minna in den frühen Morgenstunden die Kühe versorgt hatte, ging sie zum Hühnerstall auch hinter dem Haus. Dort wurde sie schon erwartet, denn die Hennen und der einzige Hahn kannten die Fütterzeiten genau. Anschließend verschwand Tante Minna im kleinen Stall, wo sich Legenester befanden und kam gleich darauf mit eingedrehter Schürze wieder hervor. Bei aller Neugier habe ich nie erkennen können, wie viele Eier sie täglich vorfand. Ein schlachtreifes Schwein gehörte ebenfalls zur Menagerie.

Mutti und wir Kinder wurden notgedrungen in zwei kleinen Dachkammern untergebracht und hatten weder eine Kochgelegenheit noch Wasch- bzw. Toilettenmöglichkeiten hier oben unter dem Dach. An die Benutzung des Pinkelpotts mussten wir Kinder uns erst gewöhnen, denn in Hamburg besaßen wir ja ein komfortables Badezimmer mit einem separaten Gästeklo. Für das große Geschäft gingen wir durch Tante Minnas Küche in den Kuhstall. Tante Minna war die ganze Zeit über unsere Anwesenheit nicht sehr erfreut. Mutti durfte ab und zu bei ihr auf dem Kohleherd eine Kleinigkeit für sich und uns Kinder kochen. Das tägliche Mittagessen nahmen wir im Bahnhofsrestaurant zu uns. Wir gingen eine halbe Stunde zu Fuß dort hin und konnten schon in einiger Entfernung den Essengeruch wahrnehmen. Wir waren immer sehr hungrig und so bemerkten wir kaum, dass die Speisen wenig schmackhaft und abwechslungsreich waren. Nur Mutti rümpfte immer häufiger die Nase und quälte sich wenigstens Etwas zu sich zu nehmen. Wenn wir wieder zurückkamen, saßen Tante Minna und Onkel Hermann häufig noch am vollen Essentisch in ihrer so genannten Wohnküche. Mutti konnte den Anblick der herrlichen Fleisch- und Gemüseportionen nicht ertragen und war auch zu stolz oder schüchtern zu bitten, uns etwas von ihren Resten abzugeben. Diese wurden regelmäßig an das Schwein verfüttert.

Wenn unser Vater uns besuchte, war es immer eine große Freude und ganz besonders für Mutti. Sie war wie umgewandelt. Unsere Mutter war für einige Tage wieder die fröhliche und temperamentvolle Frau, wie wir sie seit unserem Bredstedt-Aufenthalt nicht mehr erlebt hatten. Papi konnte leider nicht sehr lange bleiben und so mussten wir schon nach kurzer Zeit von ihm Abschied nehmen. Wir waren furchtbar traurig und Mutti bestand darauf, so bald wie möglich nach Hamburg zurückzukehren.

Ich besuchte die vierte Klasse der Bredstedter Grundschule ziemlich ungern. Wir waren ja die Städter und sprachen auch einen anderen Dialekt. Nur mit den Kindern der Arztfamilie, die gegenüber von Onkel Hermann wohnten, spielten wir nachmittags auf der Straße oder dem Hof. Ich war ein paar Mal hingefallen und hatte kleine Schürfwunden am Knie. Diese wollten überhaupt nicht ausheilen. Im Gegenteil, die kleinen Wunden entzündeten sich, wurden wässrig und fingen an übel zu riechen. Auch meine Haare wurden immer zotteliger und wuchsen gar nicht länger. Dabei wünschte ich mir sehnlichst lange Zöpfe, die dann zu so genannten Affenschaukeln hochgebunden werden sollten. Die meisten Kinder aus meiner Klasse hatten lange Zöpfe. Wegen der offenen Stellen am Bein ging Mutti eines Tages mit mir zum Arzt. Er nannte das eine Erkrankung des Immunsystems aufgrund von Unterernährung und Mangelerscheinungen. Die Wunden wurden unter leichter Betäubung herausgeschält, immer wieder neu verbunden und ich musste eine Medizin einnehmen.

Onkel Hermann startete früh morgens oder auch später am Tage mit seinem Lastwagen zu Kundenaufträgen. Die Garage befand sich neben dem Wohnhaus am großen Hofplatz. Onkel Hermann heizte den Holzgasofen hinter dem Führerhaus auf der Ladefläche an. Dann dauerte es eine ganze Weile bis er endlich starten konnte. Er fuhr das erste Stück auf der Landstraße recht langsam, so dass es mir manchmal gelang nebenher zu laufen. Ich mochte sehr gerne laufen, das kam wohl von meinen langen Beinen. Onkel Hermann winkte amüsiert aus dem Fahrerhaus und rief mir lachend zu, ich solle nun endlich wieder zurücklaufen. Manchmal durfte ich auch mit ihm fahren. Das war ein großes Erlebnis, denn Autofahren war damals noch eine Seltenheit. Das Arbeitszeug meines Onkels befand sich gleich hinter der Eingangstür zum Wohnhaus. Es waren hauptsächlich die stabilen Stiefel, die uns immer auffielen, weil sie meistens im Weg lagen, wenn wir zu viert nach Hause kamen. Unsere kleine Jutta hatte auf dem Heimweg oder auch vom Hof und Garten allerhand Steinchen und Stöckchen aufgesammelt, die sie eigentlich nicht mit ins Haus nehmen sollte. Sie kam auch immer mit leeren Händen in unsere Dachkammern zurück. Wir hörten Onkel Hermann häufig fluchen, wenn er eilig in seine Arbeitsstiefel schlüpfen wollte, um mit dem Laster zu starten. Er musste erst Juttas Mitbringsel aus seinen Stiefeln ausschütten und schimpfte: „Verdammte Deern, has all wedder din Schiet bi mi rinpackt!“

„Hurra, Papi ist gekommen!“, riefen wir begeistert. Muttis und unsere Freude war riesengroß. Wir gingen zum Mittagessen in ein besseres Lokal als den übelriechenden Bahnhofs-Mittagstisch, wir erkundeten die nähere Umgebung bis nach Husum und konnten mit unserem Vater spielen und albern sein. Mutti war an diesen Tagen auch viel fröhlicher. Doch Papis Besuch war nach kurzer Zeit zu Ende. Seine Firma in Hamburg rief ihn zurück, aber er versprach, uns möglichst schnell eine bessere Bleibe zu besorgen.

Rückkehr nach Hamburg

Ein paar Wochen waren vergangen seit dem Besuch unseres Vaters, als Mutti plötzlich keine Zigarette mehr anrührte und ihr vom Rotkohlgeruch am Bahnhof furchtbar übel wurde. Ein Baby kündete sich wieder an. Mutti hielt es in Bredstedt nicht mehr aus und so waren wir Hals über Kopf wieder zurück in unserer Hamburger Wohnung und unsere Eltern waren wieder vereint. Der furchtbare Krieg dauerte an, die Luftangriffe auf Hamburg wurden immer heftiger und wir mussten fast jede Nacht den Luftschutzkeller aufsuchen. Manchmal flüchteten wir sogar in den nächstliegenden Hochbunker. Dann mussten wir schlaftrunken einige Straßen weiter entfernt gehen. Viele Häuser in unserer Nachbarschaft standen nur noch als schwarze Rauchruinen da. Dazu gehörten auch die drei Wohnungen, die wir bewohnten, bevor wir in die Richterstraße 22 umzogen.

Das Haus, in dem Oma Tine am Winterhuder Weg wohnte, wurde ebenfalls von Brandbomben getroffen. Als das viergeschossige Wohnhaus auf dem Dach Feuer fing und ein Löschen von den anwesenden Hausbewohnern nicht mehr möglich war, versuchten alle möglichst viel von ihrem Hausrat aus dem brennenden Haus herauszubringen und in den kleinen Vorgarten bzw. auf den Gehweg abzustellen. Es waren nur noch Frauen im Haus. Auch Oma Tine versuchte soviel wie ihre Kräfte schafften aus der Souterrainwohnung zu retten. Dazu gehörten ihre fußbetriebene Singer-Nähmaschine und etliche Möbelstücke. Das Haus brannte sehr schnell bis zum Keller herunter. Als Oma Tine mit letzter Kraft zu ihren geretteten Gegenständen vor dem Haus zurückkehrte, musste sie mit großem Entsetzen feststellen, dass Plünderer ein Großteil ihrer Habe entwendet hatten. Die anderen Hausbewohner ereilte das gleiche Schicksal. Am Tage darauf zog meine Oma mit den wenigen übrig gebliebenen Gegenständen zu uns in die Richterstraße. Sie hat diese Wohnung bis zu ihrem Tod am 5. August 1965 nicht mehr verlassen. Oma ist 77 Jahre alt geworden.

Im Sommer des Kriegsjahres 1943 erlebte unsere Familie ein letztes Mal einen verheerenden Luftangriff auf Hamburg. Viele Schulen und öffentliche Gebäude wurden entweder völlig zerstört oder waren nicht länger nutzbar. Dadurch hatten Christa und ich keine Möglichkeit unsere Schullaufbahn fortzusetzen. Christa hätte im Frühjahr eingeschult werden sollen. Für unsere Eltern war das ein unerträglicher Zustand und so suchten und fanden sie eine Lehrerin, die uns beiden Mädchen in ihrer Wohnung unterrichtete. Ich erinnere mich an sehr viele Grammatikpaukereien mit lateinischen Verben und Christa übte das Lesen von ganzen Sätzen aus dem Buch „Die Hasenfamilie". Sie hat erst einige Monate später in der Dorfschule in Häven das Alphabet erlernt.

Auf nach Timmendorf

Muttis Schwangerschaft schritt zügig voran und es bedrückte uns alle sehr, dass wir nicht im unsicheren Hamburg bleiben konnten. Nach Bredstedt wollten und konnten wir auf keinen Fall zurück. Harry Krüger unterhielt in Timmendorf seit Kriegsbeginn ein Auslieferungslager, das von einem ortsansässigen Ehepaar verwaltet wurde. Herr Krüger und mein Vater fuhren deshalb regelmäßig dorthin, um nach dem Rechten zu schauen. Anlässlich eines solchen Besuches erkundigte Papi sich nach einer geeigneten Ferienwohnung für uns, damit die Geburt des Babys in ruhiger und sicherer Umgebung erwartet werden konnte. Bei Familie Bartels am Timmendorfer Strand fanden wir eine geeignete Unterkunft. Das Haus befand sich fast am Ende der Bäderstraße nach Scharbeutz direkt am Strand. Unsere Wohnung bestand aus drei Zimmern, einer Veranda, einer Küche und einem Badezimmer. Wir aßen und spielten am liebsten auf der Veranda und gingen nur ein paar Schritte zum herrlichen Strand und zum Baden in der Ostsee. Im Juni war das Wasser noch recht kalt; trotzdem schwamm Mutti mit ihrem dicken Bauch jeden Tag einige Runden. Wir Kinder wollten am liebsten den ganzen Tag am Strand spielen, auch bei schlechtem Wetter. Ich übte immer wieder, mich über Wasser zu halten, wenn ich bis zum Kopf ins tiefe Wasser ging. Endlich gelang es mir auf der Wasseroberfläche zu schwimmen und ich war sehr stolz auf diese ersten richtigen Schwimmbewegungen. Bis dahin konnte ich immer nur unter Wasser schwimmen. Als wir später in Häven wohnten und mit meiner Schulklasse in Travemünde regelmäßigen Schwimmunterricht hatten, konnte ich immer am besten tauchen, sowohl in der Länge als auch in die Tiefe.

Bild 2: Am Strand von Timmendorf

Die Besitzer unserer Ferienwohnung war die Familie Bartel. Frau Bartel war sehr nett zu uns Kindern. Sie hatte nur einen Sohn, den Alwin. Er war ihr Sorgenkind, seit seiner Geburt spastisch gelähmt und saß immer in seinem Rollstuhl. Alwin ging nicht zur Schule und durfte auch nie mit anderen Kindern spielen. Wir verstanden das nicht und fanden Alwin ganz toll. Er schnitt so komische Grimassen beim Sprechen und fuchtelte mit den Armen und Händen. Wenn er mich festhielt beim Spielen war es wie in einem Schraubstock und tat sehr weh. Alwin sollte eigentlich in ein Therapieheim abgeholt werden. Aber Frau Bartel wehrte sich gegen diesen Bescheid und wollte ihren einzigen Sohn auf keinen Fall zu fremden Menschen geben.

Christa und ich besuchten die Grundschule am Timmendorfer Strand. Wir Schüler wurden aufgefordert im nahe gelegenen Wald Bucheckern zu sammeln für die Margarine- und Ölherstellung. Das war eine herrliche Freizeitbeschäftigung am Nachmittag und so zogen wir häufig mit Kind und Kegel zu den großen Buchenbeständen in der Kammer. So hieß der Wald zwischen Timmendorf und Scharbeutz. Mutti kannte auch viele Pilzsorten. Auf den Baumstümpfen wuchsen die meisten Stockschwämmchen. Davon brachten wir außer Bucheckern Körbeweise mit nach Hause und aßen sie geschmort aus der Pfanne. Für die abgegeben Bucheckern erhielten wir Gutscheine für einige Fettportionen.

„Tschüß Mutti, bleib nicht so lange weg!", riefen wir als Mutti aufbrach. Die Geburt stand unmittelbar bevor und unsere Mutter ging zur Entbindung in ein kleines privates Geburtshaus am Timmendorfer Strand in der Nähe vom Bahnhof und unserer Schule. Tante Lotti mit Klaus und Detlef kamen aus Hamburg angereist, um Ida, das Hausmädchen, beim Einhüten und Versorgen von Jutta, Christa und mir zu unterstützen. Weil wir selbst nicht viel Platz hatten, mussten sie sich im nahe gelegenen Hotel einquartieren. Tante Lotti konnte sehr gut kochen und so genossen wir die Mahlzeiten ganz besonders. Ida kümmerte sich um uns Kinder, was mit uns fünf nicht immer einfach war, da wir mit unseren Cousins auch gerne stritten.

Norbert wurde am 20. Juni 1944 geboren. Es war ein sehr heißer Sommertag. Auch Papi kam aus Hamburg angereist und alle wollten den langersehnten Stammhalter im Entbindungsheim sehen und Mutti beglückwünschen. Wir Kinder durften nicht mit hinein und konnten das Babybündel nur durch eine Glasscheibe sehen. Jeden Morgen auf dem Schulweg stand Mutti mit dem Baby im Arm am Fenster und winkte uns zu. Papi war überglücklich und hat drei Tage lang mit Freunden und Verwandten gefeiert und sehr viel Alkohol getrunken. Endlich hatten wir auch einen Bruder. Nach Muttis Entlassung aus der Klinik blieben Tante Lotti und die Jungs noch einige Zeit bei uns, weil ja Sommerferien waren. Mutti hatte dadurch sehr viel Ruhe und Zeit sich mit dem Baby zu beschäftigen. Sie stillte Norbert mehrmals am Tag und hatte immer reichlich Milch, um den kleinen Kerl satt zu bekommen. Wir drei Mädchen haben nur wenig Muttermilch bekommen und sind recht umständlich mit Milchflaschen ernährt worden. Damals gab es noch keine fertige Baby- und Kindernahrung. Die Mütter mussten jede Mahlzeit einzeln vorbereiten. Dabei wurde im Kochtopf ein flüssiger Brei aus Maizena und Kuhmilch aufgekocht. Morgens ging immer einer von uns zum Strand und holte einen Eimer voll Ostseewasser. Darin wurde das Baby gebadet. Mutti war überzeugt, dass Norbert dadurch kräftiger und keine Krankheiten bekommen würde.

In Hamburg ausgebombt

Für Familie Jörss war der Aufenthalt in Timmendorf anlässlich der Geburt von Norbert eine willkommene Abwechslung zu ihrer behelfsmäßigen Unterkunft bei Oma Martha in der Reithalle in Hamburg Flottbek. Ihr Haus in der Oberaltenallee stand zwar noch, aber durch eine im Garten explodierte Bombe war ein Teil der Hausfront und der Fenster zerstört worden. Durch den überall herumliegenden Mauerschutt und Dreck hatte sich Tante Lottis kleine Tochter Annegret, die einige Wochen jünger als Jutta war, infiziert. Sie erkrankte an einer Gehirnhautentzündung und starb daran im Alter von 6 Monaten. Um die Zeit kam mein Cousin Klaus zu unserer Oma nach Groß Flottbek und ging auch dort im Röbbek zur Schule. Tante Lotti und Detlef evakuierten ebenfalls zu Oma, nachdem ein Verbleiben in Hamburgs Innenstadt nicht mehr möglich war.

Eigentlich wollte Familie Jörss nach Tostedt in der Lüneburger Heide evakuieren. Dort besaß unser Onkel Ernst seit einigen Jahren ein kleines Wochenendhaus auf einem großen bewaldeten Grundstück. Papi organisierte mit dem firmeneigenen Tempo-Fahrzeug die Fahrt von der Oberaltenallee nach Tostedt, nachdem wir mit dem gleichen Fahrzeug nach Bredstedt gereist waren. Kurz vor den Elbbrücken wurden sie durch riesige Feuerwalzen aufgehalten. Alle Ausfallstraßen gen Süden sowie die Elbbrücken waren gesperrt und so gab Tante Lotti dem Fahrer die Anweisung sofort umzukehren und gen Norden nach Groß Flottbek zu fahren.

Hamburgs Außenbezirke blieben größtenteils von den Luftangriffen verschont. So waren meine Verwandten in den Elbvororten sicher aufgehoben. Das gleiche traf auch auf meine späteren Schwiegereltern zu. Sie lebten mit den drei Jungs Rudolf, Gerhard und Werner in Wellingsbüttel. Mein Schwiegervater baute das Einfamilienhaus 1932. Rudolf war ein Jahr alt als die junge Familie von ihrer Wohnung in der Innenstadt dort hin zog. Es standen zu der Zeit nur wenige Wohnhäuser in Wellingsbüttel. Oma und Opa Surenbrock blieben bis zur Ausbombung am Besenbinderhof wohnen. Auch sie besaßen seit einigen Jahren ein hölzernes Wochenendhaus in Overhaken an der Unterelbe. Dorthin flüchteten Rudolfs Großeltern während des Krieges. Rudolfs Cousin Horst Fischer und seine Eltern lebten während des Krieges ebenfalls in ihrem Wochenendhaus in Overhaken. Genauso wie einige andere entferntere Verwandte. Rudolf verbrachte viele Schulferien bei seinen Großeltern in Overhaken. Die Anreise war allerdings recht umständlich. Er fuhr mit der S-Bahn bis zu den Landungsbrücken und dann weiter per Schiff.

Ein Idyll in Häven

Unsere Ferienwohnung bei Familie Bartel in Timmendorf hatte keine Heizung und so waren wir im beginnenden Herbst 1944 gezwungen, wieder eine neue Bleibe zu suchen. Der Krieg tobte noch immer und unsere Wohnung in der Richterstraße war inzwischen von mehreren ausgebombten Familien einschließlich Oma Tine belegt. So siedelten wir also irgendwann im Oktober 1944 mit unseren eigenen Hamburger Möbeln, sämtlichem Schrankinventar, vier Kindern, davon ein Baby, und dem neuen Pflichtjahrmädchen Ursel in die Villa „Wydole" nach Häven um.

Bild 3: Umzug in die Villa Wydole

Häven ist das kleinste Dorf an der Lübecker Bucht. Von Niendorf/Ostsee kommend erreicht man es nach einem Kilometer landeinwärts. Damals mussten wir am Bahnhof und dem Friedhof vorbei über eine mit Kopfsteinen gepflasterte Straße mit einseitigem Sandweg gehen. Rechts und links lagen die Kornfelder und Wiesen der beiden Landwirte Rüsch und Beythin. Die Straße verlief zwischen zwei Reihen von Lindenbäumen und führte zunächst am Ortsanfang auf die Landarbeiterhäuser zu. Danach gab es eine leichte Linksbiegung und dann erschien die Villa „Wydole“ mit ihrer weißen Außenfassade hinter einer hohen und sehr langen Hecke. Es war das hübscheste Haus im ganzen Dorf und sollte ursprünglich als Altenteil der Familie Rüsch dienen. Der große Garten war unterteilt in einen vorderen Ziergarten mit einer alten Linde direkt vorm Haus, einer größeren Rasenfläche und etlichen Apfelbäumen. Hinter und neben dem Haus befanden sich der Nutzgarten und der Komposthaufen. Wir gingen durch das große Gartentor am Ende der Hecke auf das Grundstück, liefen entlang der geschwungenen Einfahrt an der mit Efeu überrankten Veranda vorbei auf den Hof und betraten das Haus über zwei Stufen durch die Küche. Weder das Gartentor noch die Küchentür wurden jemals abgeschlossen, auch nicht in der Nacht. Das ganze Grundstück war knapp 2500 m^2 groß. Für uns Kinder ein Paradies von unendlicher Größe und voller Entdeckungsmöglichkeiten.

Foto 1: Villa Wydole

Im hinteren Teil des Gartens befand sich ein kleiner Teich, der zum Hof von Herrn Rüsch gehörte. Auf unserer Seite hatte man einen kleinen Steg gebaut und gegenüber ging das Kopfsteinpflaster vom Hof mit einer leichten

Abwärtsneigung in das flache Ufer des Teiches über. Morgens und abends nach vollbrachter Feldarbeit wurden die Pferde und manchmal auch die Kühe von den Landarbeitern zum Trinken dort hineingetrieben. Ich versuchte allzu gerne bei dieser Prozedur dabei zu sein. Ich setzte mich auf unseren kleinen Steg, ließ die Füße im Wasser baumeln und beobachtete amüsiert das Viehtreiben auf der anderen Teichseite. Auch unter den Pferden gab es wasserscheue Individuen, von den Kühen und Kälbern ganz zu schweigen. Für unsere Mutter hatte der kleine Teich allerdings eine ganz andere und viel wichtigere Bedeutung. Unsere tolle Villa besaß nämlich keinen Wasseranschluss und keinen Abfluss. Das gesamte Dorf Häven war zu Kriegsbeginn noch nicht an die Kanalisation angeschlossen. Es blieb also nur in der Planung als wir dort hinverschlagen wurden. Unterhalb des Treppenaufganges in die obere Etage war ein kleiner Raum als zukünftiges Badezimmer mit Toilette vorgesehen. Alle Sanitäranlagen waren vorhanden, nur das Waschbecken und die Toilette besaßen keinen Abfluss. Meine Mutter funktionierte diesen kleinen Raum zur Rumpelkammer um und bat uns Kinder, ihn niemals zu betreten. Als nach Kriegsende unsere Verwandten und Freunde ab und zu aus Hamburg zu Besuch kamen, vergaßen wir sie auf die Nutzlosigkeit dieses vorgetäuschten Badezimmers hinzuweisen. Unsere Mutter musste also mit gerümpfter Nase die zurückgelassenen Haufen im Toilettenbecken regelmäßig entfernen.

In den ersten Wochen in der Villa pumpten wir unser Trink- und Brauchwasser aus der eigenen handbetriebenen Hofpumpe. Zwei emaillierte weiße Wassereimer standen immer nebeneinander unter dem Küchentisch. Der eine sollte mit frischem Wasser zum Kochen, Abwaschen und für die Körperwäsche von uns sechs Personen benutzt werden, während wir das gebrauchte und schmutzige Wasser in dem zweiten Eimer sammelten. Wenn dieser bis zum Rand voll war, ging einer von uns damit nach draußen und kippte den Inhalt mit Schwung in wechselnde Gartenbeete oder auf den Kompost. Irgendwann versiegte unser eigener Brunnen und wir mussten ab sofort jeden Liter Wasser aus der Pumpe von unseren Nachbarn Familie Wede holen. Das war sehr umständlich und beschwerlich, da meine Mutter manchmal sehr schwach war, die kräftige Ursel nicht immer Lust dazu hatte und ich eigentlich die schweren Eimer nicht tragen durfte. Trotzdem wurde ich häufig für dieses Wasserschleppen eingeteilt, bis eines Tages Tante Lotti Mutti ins Gebet nahm und mir diese Arbeit abgenommen wurde. Ich hatte nämlich bereits einen leicht krummen Rücken bekommen. Ich hörte andauernd den Satz: „Lieselott, halt Dich gerade und heb den Kopf hoch!“ Durch das viele Schwimmen in der Ostsee und das Fahrradfahren habe ich die schlechte Körperhaltung wieder ausgeglichen, obwohl ich später immer wieder Rückenprobleme behandeln lassen musste.

Schulzeit

Mein Schulweg führte von unserem Dorf Häven zunächst als Abkürzung durch ein Wäldchen. Dann folgte ich der endlosen Asphaltstrasse von Niendorf kommend Richtung Travemünde. Auf halber Strecke machte der Weg eine scharfe Kurve und stieg danach ständig in die Höhe bis auf den Gneversdorfer Berg und deren Mühle. Oben angelangt rollte ich die ersten Jahre per Rollschuh, später per Fahrrad auf Travemünde zu, vorbei an einer Ziegelei und über die Bahngleise. Ich war immer alleine unterwegs, nur manchmal konnte ich eine Klassenkameradin abholen. Sie war ein Flüchtlingskind wie die Hälfte meiner Klassenkameraden.

Als wir uns in Häven niederließen, besaßen wir kein einziges Fahrrad. Ich sollte nach der bestandenen Aufnahmeprüfung aufs Gymnasium in Bad Schwartau gehen bzw. fahren. Das bedeutete um 6.00 Uhr aufstehen, einen Kilometer zu Fuß zum Bahnhof nach Niendorf gehen, mit dem Regionalzug bis Timmendorfer Strand fahren und in den Zug nach Bad Schwartau umsteigen. Schulbeginn 8.00 Uhr. Wir waren ca. 40 Schüler in der gemischten Klasse. Weil ich sehr schüchtern und auch immer müde war, erwischte ich meistens nur einen unbequemen Fensterplatz. Diesen Schulbesuch hielt ich drei Monate durch, dann folgte ein Nervenzusammenbruch. Der Arzt empfahl meinen Eltern, mich auf eine näher gelegene Schule zu schicken. Und das war zu jenem Zeitpunkt die Realschule in Travemünde.

Ich kam in die 5. Klasse, die nach der Osternversetzung angefangen hatte. Es war jetzt Oktober. Ich hatte etwas Latein-Unterricht gehabt, aber kein Englisch. Daher musste ich mehrere Wochen nach der Schule zu Frau Meyer zum englischen Privatunterricht. Ich habe bis zu meinem späteren London-Aufenthalt keine Freude an dieser Sprache gehabt.

Es war noch Krieg, doch in unserem Dorf merkten wir nichts davon. Alle genossen die ungestörten Nächte ohne Sirenengeräusche und Kelleraufenthalte. Unsere Villa hatte einen kleinen muffigen Naturkeller. Ich mochte dieses Loch nur ungern betreten, auch wenn dort später unsere mageren Essensvorräte aufbewahrt wurden.

Norbert war im Winter 1944 ein Baby von 6 Monaten. Mir kam es so vor, dass er überhaupt nicht größer wurde und nie das Laufen lernen würde. Ich wartete sehnsüchtig auf sein Großwerden. Mutti hatte versprochen, dass ich ein Fahrrad bekommen würde, wenn der schöne Korbkinderwagen für Norbert zu klein werden würde. Dann sollte dieser gegen das Fahrrad für mich eingetauscht werden. So musste ich im ersten Winter den weiten Weg zu Fuß zur Schule nach Travemünde zurücklegen. Gutes Schuhwerk gab es ebenso wenig wie lange Hosen und warme Wollbekleidung. In der ersten Unterrichtsstunde war ich immer nur mit der Kälte in den Händen und Füßen beschäftigt. Meine Freundin Renate erinnert sich daran, wie durchgefroren ich oft in der Schule ankam.

Die Straße nach Travemünde verlief durch Felder und Wiesen. Auf der rechten Straßenseite waren Gräben ausgehoben. Jeden Morgen beim Tschüss sagen erinnerte meine Mutter mich daran, dass eventuell Tiefflieger auftauchen könnten. Ich sollte dann sofort in den Graben springen und mich unsichtbar machen. Ich erinnere mich, dieses auch ein paar Male getan zu haben.

Waschzeremonien

Wenn Waschtag angesagt war, konnte Mutti sich nicht um uns Kinder kümmern. Die Vorbereitungen kündigten sich bereits am Vorabend an. Alle Familienmitglieder, die einigermaßen bei Kräften waren, wurden zum Wasserholen aus dem Teich herangezogen. Wir füllten in der kleinen Waschküche zunächst den heizbaren Waschzuber voll, die gusseiserne Badewanne und noch alle verfügbaren kleineren Eisenwannen. Dann kam Mutti mit großen Bergen schmutziger Bett- und Körperwäsche aus dem Haus und warf alles zum Einweichen in die Badewanne. Wenn ich am Morgen darauf kurz nach sechs Uhr von Muttis Heraufrufen „Lieselott und Christa aufstehen!!!“ geweckt wurde und nach unten in die Küche kam, war das Frühstück schon angerichtet und Ursel und unsere Mutter hatten die grobe Wascharbeit schon geschafft. Sie waren seit 5 Uhr auf den Beinen, hatten den Waschkessel zum Kochen gebracht, jedes einzelne Wäscheteil aus der heißen Lauge herausgezerrt und auf dem Waschbrett gerieben. Wenn die tragbare Wanne voll war, trugen die beiden Frauen alles wieder zum Teich zurück. Mutti kniete sich auf den Steg und spülte jedes einzelne Wäschestück im Teich aus, in dem sie es in gebückter Haltung immer wieder hin und her schwenkte. Danach trugen sie die schwere nasse Last zurück zu unserem Hof und hängten die vielen Wäscheleinen voll. Auch im Winter bei frostigen Temperaturen vollzog sich der Waschtag in ähnlicher Reihenfolge.

Mutti war nach jedem Waschtag sehr erschöpft und wir Kinder fühlten uns nicht sehr wohl dabei. Einmal ging Mutti sofort ins Bett und nahm das Wärmkissen und die Wolldecke zu sich. Sie hatte beim Ausspülen der Wäsche die Balance verloren und war kopfüber in den Teich gefallen und das bei Minusgraden. Sie blieb länger als sonst im Bett liegen und machte einen sehr abgeschlagenen Eindruck. Als sie dann endlich wieder hochkam und sich anzog, musste sie ihr Bett abziehen, weil alles sehr blutig war. Der Anblick war für mich ein großer Schock. „Frag bitte nicht so viel, Lieselott, das verstehst Du noch nicht.“, sagte sie. Einige Tage vor diesem Ereignis war Mutti verreist und hatte uns gar nichts aus Hamburg mitgebracht und auch nichts erzählt.

Erst viele Jahre später ist mir klar geworden, welch körperliche Strapazen sie mit dieser Abtreibung durchleiden musste, denn Rudolf und ich waren überglücklich, als sich nach anderthalb jähriger Ehe endlich unser erstes Baby ankündigte. Mir ging es anfänglich nicht sehr gut. Durch ständiges Erbrechen verlor ich an Gewicht und sagte eines Tages zu Tante Hertha, die mein Würgen beobachtete: „Ich glaube, ich will lieber sterben als noch länger schwanger sein." Nach drei Monaten konnte ich endlich wieder normal essen und fühlte mich insgesamt kräftiger bei aufkommender Freude auf das Baby. Zusammen mit meinen Schwiegereltern verabschiedeten wir Rudolf zum Abflug nach Casablanca, als mich starke Leibschmerzen überfielen. Ich quartierte mich bei meinen Eltern ein und durchlitt die nächsten Tage entsetzliche Schmerzen, Ängste und starke Blutungen. Nach einer Woche endlich machte die behandelnde Gynäkologin in einer Privatklinik dem Spuk ein Ende. Weil sich hohes Fieber einstellte, musste ich zwei Wochen in der Klinik bleiben. Ich fühlte mich mehr zum Himmel als zur Erde hingezogen und es war nur ein schwacher Trost, dass wir sicherlich noch Kinder bekommen könnten.

Das Waschhaus auf unserem Hof in Häven diente in der kalten Jahreszeit auch als Familienbad, meistens am Wochenende. Im Sommer badeten wir ja täglich in der Ostsee oder bei nicht so gutem Strandwetter im Hemmelsdorfer See. Für die tägliche Morgenwäsche und das Zähneputzen stand in unserer Dachkammer und im Elternschlafzimmer eine Porzellan-Waschschüssel mit einer gefüllten Wasserkanne. Das gebrauchte Schmutzwasser kippten Christa und ich anschließend aus dem Fenster. Im Winter mussten wir häufig eine dünne Eisschicht auf der Waschschüssel eindrücken, bevor wir die so genannte Katzenwäsche ausüben konnten. Christa war immer besonders schnell fertig mit der Morgentoilette. Für den angesagten Badetermin im Waschhaus wurde wieder der Waschkessel mit Teichwasser gefüllt und mehrere Stunden angeheizt. Dann füllte Mutti die Badewanne mit mäßig warmem Wasser und stieg als erste hinein. Meine Geschwister und ich spielten derweil auf dem Hof und warteten darauf, dass Mutti uns endlich rufen würde. Die Waschküche hatte als einzige Belüftung ein ausgeschnittenes Herz in der Holztür. Erst wenn dicker Dampf durch das Herz quoll wussten wir, dass die Badezeremonie in Gang kam. Wenn wir ungeduldig wurden, wagten wir auch mal einen Blick durch das Herzchen. Das gleiche taten manchmal auch andere Hausbewohner. Anschließend reinigten Christa und ich mich in Muttis Badewasser und zu guter Letzt die beiden Kleinen. Mutti legte uns allen saubere Wäsche bereit und so reichte das gereinigte Körpergefühl bis zum nächsten Wochenende.

Bild 4: Familienbadetag im Waschhaus

Es gab auch Zeiten da wir über keinerlei Seifenpulver und Seifenstücke verfügten. Wir hatten von einem Rezept erfahren, nach dem wir unsere eigene Seife herstellen konnten. Die Grundsubstanz bestand aus einer fettigen bräunlichen Brühe, die wir durch stundenlanges Auskochen von Knochen der geschlachteten Haustiere erhielten. Es stank furchtbar und die gewonnene Seife verdiente nicht ihren Namen. Auch aus Asche versuchte unsere Mutter komische Reinigungsmittel herzustellen.

Die Herstellung von Tabakwaren war ebenfalls ein Attentat auf unser Geruchsorgan. Meine Eltern, Oma Tine und Tante Lotti steckten sich mehrmals am Tage einige Zigaretten an. Für uns Kinder gehörte das Rauchen der Erwachsenen einfach zum normalen Tagesrhythmus. Als nun die Lebensmittelrationen immer magerer wurden, gab es auch keine Zigaretten mehr zu kaufen. Unsere Mutter griff zur Selbsthilfe und pflanzte hinter der Garage mehrere Reihen kleiner Tabakpflanzen an und versorgte diese mit reichlich flüssigem organischem Dünger. Jede Pflanze gedieh äußerst prächtig und erreichte bald die stattliche Höhe von ca. 2 m. Die weißen Blütendolden waren besonders attraktiv. Wenn sich die großen grünen Blätter leicht gelblich färbten, wurden sie abgerupft und an einer langen Schnur zum Trocknen in die Garage gehängt. Danach stapelten und pressten wir die papierähnlichen braunen Blätter in eine Holztonne und stellten diese in den Schweinestall. Ab und an wurde irgendetwas Flüssiges oben aufgeträufelt. Beim Anheben des Deckels entwich jedes Mal ein bestialischer Gestank. Nach einigen Wochen schien der Tabak fermentiert zu sein und meine Mutter begann damit, die gepressten Lagen aus der Tonne heraus zu zerren. In der Küche auf dem Küchentisch wurde die Tabakschneidemaschine aufgebaut und los ging es. Das Gerät arbeitete wie eine Guillotine. Die gepresste braune Masse wurde auf ein Holzbrett geschoben und dann mit kräftigem Druck durch das obere lange Messer in dünne Streifen geschnitten. Diese verwahrte meine Mutter in einer Tabakdose, aus der sie sich mehrmals am Tage einige Zigaretten drehte. Tabakrauch im Wohnzimmer waren wir ja gewohnt. Aber dieser Tabakqualm übertraf alles Bisherige. Mutti war von ihrer Kreation nicht sonderlich begeistert, aber in Ermangelung von echten Zigaretten ließ sie sich nicht entmutigen, die gleiche Prozedur im nächsten Sommer zu wiederholen.

So wird jeder satt

Die Winter 1944 und 1945 waren extrem kalt und trocken. Das Thermometer muss über eine längere Zeit an die -20° C angezeigt haben. Die Lübecker Bucht war weit sichtbar zugefroren und einige Leute wagten sich auf das Eis hinaus. Am Strand türmten sich hohe Eisberge, dahinter war die See nicht gleichmäßig gefroren. Wir Kinder durften leider nicht auf das Eis. Es war aber ein seltenes Naturschauspiel.

Wir gingen fast täglich zu Fuß nach Niendorf, um beim Krämer und Schlachter irgendetwas Essbares zu ergattern. Häufig reihten wir uns in eine lange Warteschlange von frierenden Menschen, um endlich nach einer oder sogar zwei Stunden eine Kanne voll Fleischbrühe oder kleine Stücke vom Frischgeschlachteten zu ergattern. Die Niendorfer Kaufleute konnten meiner Mutter auch einige Neuigkeiten vom Ausgang des Krieges und der britischen Besatzung berichten. In Häven erreichte uns niemals eine Tageszeitung und Telefon gab es sowieso nirgends in der Umgebung. Während Mutti eine kleine Klönrunde bei Niendorfer Bekannten machte, spielten und tobten wir Kinder am Strand. Dabei beobachtete ich größere schwimmende Dinge im entfernten Küstenbereich. Wir hatten noch nie derartige „Fische" im Wasser gesehen. Mit jeder größeren Welle kamen die „Fische" näher ans Ufer und ich wartete neugierig und gespannt, was da wohl endlich ans Ufer gespült würde. „Hilfe, Hilfe, das sind ja zwei tote Menschen!", schrie ich. Ich rannte in größter Panik vom Strand davon und erzählte Mutti von diesem schrecklichen Erlebnis. Die Bilder sind mir nie wieder aus dem Gedächtnis gegangen. Am nächsten Tag erfuhren wir von dem Untergang der Kap Arcona und dass man noch mehrere Leichen am Niendorfer und Timmendorfer Strand geborgen hätte. Wir durften lange Zeit keine Spaziergänge am Strand machen.

Als ich mich eines Morgens zur Schule aufmachte, sagte meine Mutter: „Lieselott, wenn Du heute aus der Schule zurück bist, musst Du mit mir noch einmal zur Gneversdorfer Mühle zum Kornmahlen." Es hatte tagelang geschneit und ab Mittag blies der Ostwind noch kräftiger und türmte den losen Schnee an einigen Stellen zu Schneewehen auf. Mutti und ich zogen uns so warm an wie es damals möglich war. Wir beluden unseren Spielschlitten mit dem ergatterten Sack von Roggenkörnern und machten uns auf den langen Fußmarsch zur Gneversdorfer Mühle. Dort konnten auch Privatpersonen kleine Mengen Getreidekörner mahlen lassen.

Den Hinweg hatten wir gut geschafft. Es waren immerhin fünf Kilometer. Doch welch eine Enttäuschung! An der Mühle endlich angekommen standen wir mit unserem bepackten Schlitten vor verschlossenen Türen. Auch auf unser starkes Klopfen reagierte niemand. Wir legten eine kleine Verschnaufpause ein und begaben uns sehr enttäuscht auf den langen Heimweg. Erst die endlose Asphaltstraße entlang und schon hier immer tiefer im Schnee einsinkend. Dann schlugen wir die Abkürzung am Wäldchen entlang ein. Plötzlich sahen wir nur noch Schneeberge und froren durch den starken Ostwind. Jeder Schritt versackte bis kurz unter dem Knie im losen Schnee. Dabei waren die Halbschuhe bereits aufgeweicht und die Hosenbeine schoben sich bei jedem Schritt bis zum nackten Knie hinauf. Wir kamen unendlich langsam voran als plötzlich meine Mutter stehen blieb. Sie setzte sich auf den gefrorenen Kornsack und weinte bitterlich. Ich hatte meine Mutter noch nie weinend gesehen: „Lieselott, mach was Du willst, ich kann nicht mehr." Irgendwie müssen wir dann doch nach Hause gekommen sein. Seit dieser Zeit litt ich jedes Jahr zu Beginn der kalten Jahreszeit unter stark juckenden Frostbeulen an meinen Füßen. Ich rieb diese Stellen immer wieder mit Petroleum ein und befolgte den Ratschlag eines Hausbewohners, nach dem ersten Schneefall einige Minuten barfuss im Garten hin und her zu gehen.

Als mein Vater das Wochenende nach unserem verpatzten Mühlenausflug zu Besuch aus Hamburg kam, brachte er eine gebrauchte handbetriebene Kaffeemühle mit und montierte diese seitlich des Küchenschrankes. Wir haben danach die Gneversdorfer Mühle nie mehr aufgesucht. Es dauerte allerdings auch Stunden, bis wir abwechselnd soviel Körner per Handumdrehung gemahlen hatten, dass ein Brotlaib davon im Herdfeuer gebacken werden konnte. Wir backten einmal in der Woche zwei bis drei dieser Roggenbrote, die mit abgelagertem Sauerteig angesetzt wurden. Das Brot schmeckte köstlich und war sehr nahrhaft. Ich litt damals allerdings häufig unter Bauchschmerzen bzw. Koliken. Meine Mutter hatte dafür immer eine alte Gummiwärmflasche parat und gab mir zur nächsten Mahlzeit nichts zu essen.

Wir waren in den Hungerjahren nach Kriegsende sehr erfinderisch und keinesfalls wählerisch hinsichtlich der täglichen Mahlzeiten. Die Lebensmittelzuteilungen auf Marken reichten vorne und hinten nicht aus, um meine Eltern, uns vier Kinder und die dicke Ursel satt zu bekommen. Dabei hatten wir noch den Vorteil mit meinem Bruder ein Kleinkind in der Familie zu haben. So gab es häufig eine Extraration Milch, Quark und Butter in der Meierei in Warnsdorf. Auch diese Einkäufe besorgten wir in der ersten Zeit zu Fuß, auch im Winter. Dann stellten wir die großen Milchkannen auf unseren Schlitten und stapelten die Quark- und Dickmilchschüsseln in der braunen Einkaufstasche. Später hatten alle Familienmitglieder ein eigenes Fahrrad mit seitlichen Satteltaschen. So konnten wir größere Entfernungen zurücklegen und in den umliegenden Dörfern nach günstigen Nahrungsmitteln Ausschau halten. Zu diesen größeren Ausflügen gehörte auch im Frühjahr die Fahrt nach Stockelsdorf. Dort holten wir regelmäßig aus einer Brutanstalt unsere Eintagsküken und die Entengössel ab.

Jeden Abend kochten Ursel oder meine Mutter eine Milchsuppe. Es war immer eine Überraschung, wonach diese Milchsuppe schmeckte und vor allem, ob der 2,5-Liter- Emailleeimer auch wirklich bis 1 cm unter den Rand gefüllt war. Da das Herdfeuer sehr unregelmäßige Wärme abgab, brannte die Suppe häufig an oder kochte über. Dann gab es die kleinen Aromaflaschen, manchmal Honig oder seltener braunen Zucker zum Nachsüßen. Mit einem Klacks Butter auf dem heißen Teller aßen wir fürstlich.

Zum Spielen hatte ich keine richtige Lust als wir in Häven lebten. Ich half meiner Mutter lieber im Garten und bei den Tieren. Mein Vater überraschte uns eines Tages von Timmendorf kommend, wo seine Firma ein Auslieferungslager unterhielt, mit einem kleinen Ferkel, das er im Korb auf seinem Fahrrad transportierte. Der Stall für „Üsche“ war schnell hergerichtet. Auf unserem Grundstück befand sich ein zweites Steingebäude, das in erster Linie für das Klohaus, die Waschküche und die Garage benutzt wurde. Auch unsere Hühner und Gänse hatten dort ihr Zuhause. Meine Mutter war jedoch nicht sehr angetan von der Idee, auch noch ein Schwein aufzunehmen: „John, was denkst Du Dir eigentlich dabei, wie wir je ein Schwein groß und möglichst auch noch bis zur Schlachtreife gemästet kriegen?" Mein Vater hatte nie etwas mit Landwirtschaft am Hut gehabt. Meine Mutter besaß offensichtlich einige Kenntnisse aus ihrer Jugendzeit als sie sehr oft bei ihren Großeltern und Verwandten in Bredstedt weilte. Oma Tine wusste auf diesem Gebiet schon wesentlich mehr, aber die lebte ja im zerstörten Hamburg und konnte sich nur selten mit ihrer einzigen Tochter austauschen. Wie gut bin ich heute dran, dass ich übers Telefon jederzeit mit meinen Kindern sprechen kann. Außerdem wohnen wir ja alle dicht beieinander.

Bild 5: Papa mit dem Schwein Üsche auf dem Fahrrad

„Üsche" wurde also ganz und gar schweineunmäßig verpflegt. Es bekam einen kleinen Brei aus Kleie und ansonsten nur Küchenabfälle. Nachmittags band ich ihm eine Art Hundeleine um und ließ es im Garten und am Wegesrand Gras und Unkräuter fressen. Es gehorchte uns Kindern wie ein Hund. Wenn es Lust hatte, besuchte es uns auch in der Küche. Kleine Reitversuche unternahm ich ebenfalls auf „Üsche". Fiete Rüsch wunderte sich kopfschüttelnd: „Frau Kaatze, das ist doch kein Spielzeug für ihre Kinder. Sperren sie das Schwein um Gotteswillen in seinen Stall, damit es überhaupt noch etwas auf die Rippen bekommt." Bis dahin war „Üsche" immer nur in die Länge gewachsen. Kurz vor Weihnachten sollte das Schwein geschlachtet werden. Ich wollte das einfach nicht wahrhaben und bettelte, ob wir es noch eine Weile behalten könnten. Aber man lässt kein Schwein länger als ein Dreivierteljahr leben, basta. Ich war unendlich traurig und wütend auf Fiete Rüsch. Denn er war derjenige, der meiner Mutter immer kluge Ratschläge über Tierhaltung, Obst- und Gemüseanbau im Garten und wer weiß noch alles gab. Meine Mutter mochte Fiete Rüsch sehr gerne und meinte, seine Frau sei eifersüchtig und sehe es nicht gerne, wenn er bei uns auftauchte. Wir Kinder konnten ihn auch nicht leiden. Er hatte mich einmal beim Einsacken von Kaninchenfutter auf einem seiner Kleewiesen erwischt. Ich musste den ganzen schönen vollen Sack zu seiner Stalltür schleppen und für die Kühe ausschütten. Dann sollte ich mich im Beisein meiner Mutter bei ihm entschuldigen. Ich war so wütend und heulte den Rest des Tages. Warum nahm Mutti mich nicht in Schutz? Sie wusste doch, wie schwierig es war, normales Kaninchenfutter am Wegrand oder am Feldrand zu pflücken. Alle Leute im Dorf hatten Kaninchen, die Gräser und Butterstecker konnten gar nicht so schnell nachwachsen wie wir sie gebrauchten.

Durch den guten Draht meiner Eltern zum Bauern Rüsch erlaubte er meiner Mutter großzügigerweise, ein Pferdegespann zum Holzschlagen im nahe gelegenen Wald auszuleihen. Wir wohnten noch in der oberen Wohnung mit schrägen Wänden und einer sehr kleinen Küche mit niedrigen Fenstern. Gekocht und geheizt wurde auf dem Kohleherd und im Zimmer im Kachelofen. Es gab nur Holz zum Verbrennen und das mussten wir uns selber besorgen oder klauen. Und so erteilte meine Mutter mir einmal den Auftrag: „Lieselott, ich fahre gleich mit Ursel zum Baumfällen. Sie ist schon rüber gegangen, um das Pferd anzuspannen. Das Herdfeuer brennt auf kleiner Flamme. Es gibt heute Mittag Steckrübeneintopf. Der steht schon auf dem Herd. Er soll langsam gar werden und Du bist so lieb, ab und an ein neues Holzscheit aufzulegen und ein Auge auf die Kleinen zu werfen. Gehe bitte nicht aus dem Haus." Es vergingen viele Stunden bis endlich Ursel und meine Mutter mit der Holzfuhre zurückkamen. Sie waren völlig erschöpft und freuten sich auf das fertige Mittagessen. Doch als sie nach Hause kamen, war meine Mutter entsetzt: „Du liebe Güte, was hast Du nur angestellt?“ Aus Angst, dass mir das Herdfeuer ausgehen würde, hatte ich in kurzen Abständen viele Holzscheite nachgelegt. Die Küche war kurz vorm Abbrennen, der Herd glühte und der Kochtopf mit den Steckrüben war total verkohlt. Zu allem Pech erzählte Ursel dann noch, dass sie beim Zurückbringen des Wagens mit dem Pferd Probleme hatte und dabei einen Mauerpfosten angefahren hätte. Ich glaube, dies war das letzte Mal, dass wir mit Fietes Wagen Holz schlagen durften. Von da an mussten wir unseren Handbollerwagen benutzen. Von Oma Tine aus Hamburg hörten wir, dass auch dort fast alle hübschen Straßenbäume für Brennmaterial abgeholzt wurden und dass sie nur selten eine kleine Zuteilung von Kohle erhielten.

Am Ende der Woche freute meine Mutter sich immer, wenn unser Vater zu Besuch kam. Die Fahrt von Hamburg nach Häven war sehr beschwerlich. Mein Vater arbeitete regelmäßig bis in die späten Abendstunden und sonnabends bis nachmittags. Er hatte bei seiner Firma inzwischen die Prokura bekommen und war Geschäftsführer der Firma Walter Hauenschild K.-G. Wenn er dann endlich bei uns eintraf, gab es immer eine große Freude auch bei uns Geschwistern. Er brachte häufig irgendwelche Nahrungsmittel mit, vornehmlich frische Heringe von einem Fischer aus Niendorf. Dieser erhielt als Gegenleistung einiges Werkzeug oder Schrauben und Nägel für seinen Fischkutter oder sein Wohnhaus. Wir aßen also fast täglich Heringe in allen Variationen: Am ersten Tag frisch gebraten, leicht paniert, direkt aus der heißen Pfanne. Die nicht aufgegessenen Fische landeten in der Salztonne und wurden mit Essigwasser und Kräutern und Zwiebeln aus dem Garten eingelegt. Manchmal brachte Papi auch einen Kanister Fischöl mit. Davon sollten wir Kinder jeden Tag einen Löffel voll einnehmen. Für meine Mutter, die auch wie wir sehr dünn war – sie wog immer nur knapp 50 kg - brachte Papi ein paar Flaschen Malzbier und Burlecitin mit. Als die erste Fischräucherei in Niendorf den Betrieb aufnahm, aßen wir zum Abendbrot sehr oft geräucherte Heringe.

Meine Eltern und wir Kinder waren selten krank, obgleich wir doch so schrecklich dünn daher kamen. Ursel ging es ab und an nicht so gut. Sie verzog sich dann in ihr kleines ungemütliches Dachbodenzimmer und wartete darauf, dass meine Mutter ihr etwas zum Essen brachte. Das tat sie meistens nur am ersten Tag. Am nächsten Morgen erschien Ursel wieder bei uns und sagte, dass sie bei der lieblosen Pflege und dem wenigen Essen nicht länger krank sein wolle.

Ich bekam in regelmäßigen Abständen hohe Fieberschübe, immer über 40° C. Ich konnte mich nicht vom Bett hochrappeln und versank in endlos tiefe schwarze Erdlöcher. Ich mochte nichts essen und trinken, nur eine gekochte Kartoffel mit etwas Butter schmeckte mir. Im Sommer trugen unsere Apfelbäume reichliche Früchte. Da wir sehr hungrig waren, begannen wir schon vor dem Reifwerden der Äpfel mit dem Abpflücken, obwohl wir es nicht durften. Ich bekam prompt wieder starke Bauchschmerzen und konnte dann auch nicht pünktlich zur Schule fahren. Eigentlich wollte Mrs. Rausch eine Entschuldigung für mein zu spätes Kommen haben. Aber Mutti schrieb keine Entschuldigung. „Papperlapapp, nun fahr schon los."

Kriegsende

Am 6. Mai 1945 erfuhren wir von der Kapitulation. Es war mein elfter Geburtstag. Freude mischte sich mit ernsten Gedanken, was wohl nun passieren würde und wie unser Leben in Häven oder Hamburg weitergehen sollte. Zunächst änderte sich kaum etwas für alle Dorfbewohner. Die Garten- und Feldarbeit musste zügig weitergehen und zwar mit noch weniger Hilfskräften als während des Krieges. Die beiden Landwirte Rüsch und Beythin, deren Söhne eingezogen waren, beschäftigen hauptsächlich Frauen und einige russische Kriegsgefangene auf ihren Höfen. Nur Herr Wede, der Dorfschmied, war nicht eingezogen worden. Bei ihm im Stall lebte auch ein Russe, zu dem wir Kinder uns manchmal hinschlichen. Das durfte natürlich niemand wissen. Alle Kriegsgefangenen waren plötzlich verschwunden und es zogen nun immer häufiger Pferdegespanne mit großen Planwagen durch unser Dorf. Menschen und Tiere machten auf uns einen sehr abgeschlagenen und fremden Eindruck. Sie sprachen auch in einem anderen Dialekt. Ein paar dieser Gespanne schwenkten eines Tages in die Hofeinfahrt von Bauer Rüsch. Sie sollten dort als Flüchtlinge aus Ostpreußen aufgenommen werden.

Wir wohnten damals in der oberen Wohnung in der Villa Wydole und hatten vom Fenster aus einen guten Aus- und Überblick zu Rüschens Hof. Die Grenze zu unserem Grundstück war mit allerhand niedrigem Gehölz bepflanzt, so dass wir eigentlich nur im Winter und Frühjahr einen guten Durchblick hatten. Mutti war immer eine Frühaufsteherin und häufig war ich auch schon auf, wenn sie sich als Erste an den Frühstückstisch setzte. Wir beobachteten gegenüber eine gespenstische Szene. Mehrere Pferde liefen unruhig auf dem Hof hin und her. Wir dachten zunächst, sie sollten wieder vor die abgestellten Wagen gespannt werden. Aber nein, in all dem Gewusel erschien ein fremder Mann mit einem Gewehr unter dem Arm und erschoss durch gezielten Kopfschuss ein Tier nach dem anderen. Ich war furchtbar erschrocken bei diesem Anblick und Mutti beauftragte mich, auf keinen Fall die nächste Zeit das Haus zu verlassen.

Ehepaar Rüsch musste also wohl oder übel mehrere Flüchtlingsfamilien auf ihrem Hof aufnehmen. Sie wurden teilweise im Wohnhaus, als auch im angrenzenden Wirtschaftsgebäude untergebracht. Es waren wohlhabende Großgrundbesitzer aus Ostpreußen, die beim Vormarsch der Russen noch rechtzeitig einen großen Teil ihres Hausinventars auf eigene Erntewagen verladen konnten und mit ihren Pferden auf den Treck gingen. Wir waren an diesem Tag heilfroh, dass in unserem Haus keine Flüchtlinge eingewiesen wurden. Wir hatten ja selbst zu wenig Raum.

Da unser Haus das einzige nicht bäuerliche Anwesen in dem Dorf war, sondern eher den Charme und Charakter einer Vorstadtvilla besaß, bekamen wir eines Tages überraschend Einquartierung von einigen britischen Offizieren. Sowohl Hamburg als auch Schleswig-Holstein wurden nach der Kapitulation von den Engländern besetzt. Unsere Familie rückte räumlich noch enger zusammen und musste notgedrungen den Herren Offizieren auch unsere Küche überlassen. Mutti und wir Kinder waren die ersten Tage sehr eingeschüchtert und hatten auch Ängste, dass man unsere wenigen Wertgegenstände entwenden würde. Alle Nachbarn und auch wir hatten schon einige Wochen vorher unser Tafelsilber, etwas Schmuck und einige andere Erinnerungsstücke in einer Holzkiste im Garten vergraben. Dann wurde die Parole herausgegeben, dass Hitlers Buch und andere Kriegsdokumente verbrannt oder vernichtet werden sollten. Das hatten wir nicht befolgt und so war Mutti insgesamt ziemlich bedrückt. Auch von Papi war keine Hilfe zu erwarten. Er wagte sich gar nicht zu uns zu reisen, weil er eventuell doch noch verhaftet werden würde. Mutti konnte überhaupt kein einziges Wort auf Englisch sprechen und die Offiziere kein Deutsch. Und so bat sie mich: „Lieselott, Du lernst doch seit geraumer Zeit Englisch in der Schule. Versuche doch ein paar nette Worte mit den Herren zu sprechen und sag ihnen, dass wir nichts zu verbergen hätten.“ Na ja, außer einem großen Gestammel und Kauderwelsch brachte ich am nächsten Morgen beim Betreten der Küche nichts heraus. Aber der Mann, der gerade köstliche Sandwichs belegte, strahlte über das ganze Gesicht und reichte mir ein kleines Stück von seinem Frühstücksbrot. Der Bann war gebrochen und Mutti versuchte sich ab und zu mit echtem Plattdeutsch verständlich zu machen. Wir Kinder versuchten häufiger etwas Essbares zu ergattern, während Mutti vorrangig an Zigaretten und echtem

Bohnenkaffee interessiert war. Beides schien aber auch bei den Besatzern Mangelware zu sein.

Norbert konnte schon laufen. Im Gegensatz zu uns Mädchen hatte er braune Haare, die ziemlich unordentlich im Gesicht und über die Ohren gewachsen waren. Mutti wollte demnächst mit ihm zum Friseur fahren. Davon bekam der Engländer Arthur Wind und bot sich an, Norbert die Haare zu schneiden, weil er gelernter Friseur sei. Also schleppten wir den Kinderhochstuhl unter die Linde in den Vorgarten und ließen kein Auge von Arthurs flinken Fingern. Da wir alle um Norbert herumstanden und immer mit ihm sprachen, vergaß er sogar das erwartete Schreikonzert. Norbert weinte nämlich häufig bei jeder kleinen Gelegenheit. Er konnte ja noch nicht sprechen und so bemerkte niemand von uns, dass er von den Nachbarskindern sehr gehänselt wurde und sie ihm auch seine kleinen gesammelten Hölzchen und Obststücke wegnahmen. Nach Arthurs perfektem Haarschnitt hatten wir plötzlich einen richtigen Jungen unter uns und Mutti erzählte Jahre später, dass Norbert nie wieder so gut frisiert worden sei.

Das Schaf Katinka

In einer Altenpension in Niendorf lebte eine alte Dame, die wir Kinder Tante Käthe nannten. Sie wusste sehr viel von Schafen und wie man deren Wolle verarbeitet. Unser erstes Schaf hieß Katinka und war ein reines Wollschaf. Eigentlich hatten meine Eltern es zum Rasenfressen angeschafft, weil der einzige kleine und sehr alte Handrasenmäher kaum zu gebrauchen war. Also pflockte ich jeden Tag Katinka mit der langen Leine auf ein anderes Rasenstück, obwohl das Gras nicht sehr ergiebig war. Unter der dicken Wolle erkannten wir natürlich nicht, wie erbärmlich mager das Tier dabei war. Es tat mir sehr leid, als eines Tages ein Landarbeiter kam und unserer Kantinka mit gekonnten Griffen ihr schönes Fell abscherte. Er machte es ziemlich grob und verletzte auch an manchen Stellen ihre Haut. Die Wolle nahm er mit und brachte sie gewaschen und gezupft nach einer kurzen Zeit wieder zurück.

Nun gebrauchten wir Tante Käthe. Mutti hatte sich eine Spindel besorgt, die sie mit einigen geschickten Handgriffen an ihrer Singer-Nähmaschine anbrachte. Tante Käthe konnte spinnen und so zeigte sie unserer Mutter wie es gemacht wird. Sie meinte allerdings, dass dieser Vorgang auf einem echten Spinnrad wesentlich besser voranginge. Aber wir konnten leider kein richtiges Spinnrad auftreiben und so übten wir alle abwechselnd gleichmäßige Fäden auf der Nähmaschine zu spinnen. Es war eine sehr mühsame Arbeit und Mutti musste eingestehen, dass sie mit Stoffen auf der Nähmaschine besser umgehen konnte. Mit Tante Käthes tatkräftiger Unterstützung verfügten wir dann irgendwann über genügend aufgewickelte Wollknäuel, dass wir mit dem Stricken anfangen konnten. Da ich im Winter auf dem Weg zur Schule immer entsetzlich fror, strickte ich mir mehrere Unterhemden und -hosen aus dem Material und war glücklich, dass die neue Unterwäsche tatsächlich sehr mollig war. Christa sollte das gleiche bekommen, aber sie wollte die Sachen nicht anziehen, weil es so furchtbar am Körper juckte. Tante Käthe versuchte danach unsere grobe Wolle gegen eine bessere eingefärbte zu tauschen. So strickten wir danach monatelang Pullover und knöpfbare Jacken für die ganze Familie aus brauner Wolle. Tante Käthe war sehr anhänglich, was wir Kinder nicht unbedingt erwiderten. Wir hätten lieber unsere eigene Oma häufiger bei uns gehabt. Mutti gab ihr immer etwas Essbares mit, wenn sie nach einem Tagesaufenthalt bei uns zurück in ihr Altenheim musste.

Bild 6: Das Schaf Katinka

Als gegen Ende des Jahres kein bisschen Grünes für unsere Katinka aufzutreiben war, wurde sie geschlachtet. Mutti weckte alle Fleischteile ein. Bessere Konservierungsmethoden gab es leider noch nicht. So aßen wir im Winter häufig Eintöpfe auf Lammfleisch geschmort. Wir waren alle nicht sehr begeistert von diesen Gerichten. Vielleicht war das Fleisch zu zäh oder Mutti kannte keine guten Rezepte. Im Jahr darauf hatten wir wieder ein jüngeres Milchschaf. Das sah ganz anders aus als unsere erste Katinka. Seine Wolle war nicht so lang und dicht. Es sollte hauptsächlich Milch liefern. Die sollte für uns Kinder besonders gesund sein. Mit Schafwolle waren wir ja genügend eingedeckt. Eines Tages kam ein Dorfjunge mit einem Schafsbock in unseren Garten. Der sollte dafür sorgen, dass Katinka Nr. zwei ein Lamm bekommt. Ich beobachtete haarscharf das Verhalten der beiden Tiere. Es sollte ja irgendetwas Besonderes passieren. Beide weideten ruhig weiter und machten keine Anstalten aufeinander zuzugehen. Ich zog den Bock entnervt zu Katinka hin und hielt deren

Schwanz hoch. Nichts passierte! Wir markierten unser Schaf und ließen es am nächsten Tag zusammen mit dem Bock auf eine große Wiese gehen, wo noch andere Schafe weideten. Nach einer Woche holten wir Katinka Nr. zwei zurück in unseren Garten und hofften, dass sie nun endlich trächtig geworden sei.

Und tatsächlich, eines Morgens lagen zwei kleine Wuscheltiere im Gras. Wir waren überglücklich und wollten die niedlichen Lämmer immer nur auf dem Arm tragen. Sie hingen sehr viel an Katinkas Euter, wobei sie sich mit ihren Vorderbeinen hinknieten und heftig gegen das Euter boxten. Eigentlich wollten wir ja Katinkas Euter melken, aber solange die beiden Lämmer noch so klein waren, konnten wir das nicht. Eines Tages waren die Lämmer aus unserem Garten verschwunden und Mutti wollte nun die Schafsmilch melken. Fiete Rüsch fand das ganze äußerst komisch. Er kam aber herüber mit einem kleinen Melkschemel, setzte sich neben Katinka und streifte sanft an ihren Zitzen. Wir sollten behutsam mit dem Euter umgehen. Während der ganzen Demonstration musste ich das arme Schaf gut festhalten. Am nächsten Tag versuchte Mutti es alleine, ohne Erfolg. „Soll ich es mal probieren?“, fragte ich Mutti. Ich war sehr stolz als sich das kleine Kännchen etwas füllte, aber das Euter sah furchtbar aus. Die Schafsmilch schmeckte überhaupt nicht gut und so gaben wir das Melken sehr bald wieder auf.

Unterwegs in der Nachbarschaft

Wenn sich im März die ersten warmen Sonnentage zeigten, hielten wir es in unseren engen Wohnräumen nicht länger aus. Mutti holte die beiden einzigen stoffbezogenen Liegestühle vom Speicher und einige alte Küchenstühle heraus und stellte alles auf die Kieseinfahrt vor der Veranda. Dort schien die Sonne am Nachmittag und der Ostwind streifte am Haus vorbei. Mutti legte sich entspannt in den Liegestuhl und hielt ihren obligatorischen Mittagsschlaf. Norbert und Jutta spielten auf dem Rasen in Sichtweite unserer Mutter. Alle anderen Hausbewohner schlichen sich in respektvollem Abstand an diesem Kaatzeschen Familienidyll vorbei. Christa und ich stromerten häufig außerhalb des Grundstückes in der Nachbarschaft herum.

Gegenüber unserer Villa lebte die Schmied-Familie Wede mit sechs Kindern. Alle Geschwister besuchten die Realschule in Travemünde. Dort ging ich ja auch zur Schule. Wenn ich mal wieder mit meinen Mathematikhausaufgaben Schwierigkeiten hatte, ging ich am Nachmittag hinüber zu Lore und Hella Wede, die etwas älter waren als ich. Sie fanden immer die richtige Lösung für mein Problem. Familie Wede bewohnte ein sehr altes bäuerliches Fachwerkhaus. Auch hier war der Eingang gleichzeitig die große Küche und Mittelpunkt des Familienlebens. Die angrenzenden Schlafräume und die „Gute Stube“ betrat ich selten. Es waren alles kleine Kämmerchen. Bei Wedes gab es keinen so genannten Ziergarten mit Rasen. Alle verfügbaren Gartenflächen wurden mit Gemüse, Salaten, Kartoffeln und Beerensträuchern bepflanzt. So konnte Frau Wede ihre große Familie auch während der Hungermonate von dem Eingemachten gut versorgen.

Foto 2: Liegestühle vor der Villa Wydole

Foto 3: Die Schmiede

Neben dem Wohnhaus befand sich die Schmiede. So oft ich konnte ging ich rüber zum Schmied, blieb an der offenen Tür stehen und schaute beim Hantieren an der Esse und den vielen Werkzeugen zu. Das Betreten des Innenraumes war uns Kindern verboten worden. Das Auge musste sich erst einige Minuten an die Dunkelheit gewöhnen, nur das Feuer in der Esse war sofort zu erkennen. Wenn die Glut zu schwach wurde, zog Herr Wede an einer Eisenkette, die wiederum den Blasebalg auf das Feuer richtete. Im Nu wurde es im Raum glühendrot. Der Schmied hielt mit einer langen Zange verschiedene eiserne Gegenstände ins Feuer, um sie kurz darauf auf dem Amboss neben der Esse mit kräftigen Hammerschlägen zu bearbeiten. Meistens reparierte er landwirtschaftliche Geräte von den beiden Landwirten. Es gab häufig gebrochene Radachsen, Felgen oder auch Deichseln, weil ja seit Ausbruch des Krieges keine neuen Geräte angeschafft werden konnten. Am liebsten schaute ich aber zu, wenn die Pferde neue Hufeisen bekamen. Die Schmiede hatte an der linken Hausseite einen offenen aber überdachten Stellplatz. Dort wurden die Pferde angebunden. Herr Wede band sich seine lederne Schürze um und hob nacheinander die Pferdebeine auf sein Knie, um sich vom Zustand der alten Hufeisen zu überzeugen. Dann verschwand er im dunklen Raum und fertigte ein neues Eisen auf seinem Amboss an. Das noch glühende und rote Eisen wurde kurz in kaltes Wasser getaucht und sofort, noch im heißen Zustand, an den Pferdehuf angehalten. Es qualmte und roch sehr streng, aber das Pferd zeigte keine Reaktion. Der Schmied schlug zum Schluss noch die langen Hufnägel hinein, feilte ein bisschen herum und schon konnte der Bauer sein Pferd wieder abholen.

Neben der Schmiede führte ein fester Sandweg zum Gehölz und zu einem moorigen Teich. Es war nur wenig von der Wasserfläche zu erkennen, weil dort sehr viel Schilf und Wasserpflanzen wucherten. Auch Kaulquappen und Frösche gab es viele. Wir Kinder liebten diese Sumpflandschaft ganz besonders und Christa war felsenfest davon überzeugt, dass kleine Feen und Wichtel an diesem Ort ihr Zuhause hätten. Christa ging oft alleine dort hin und kam eines Tages ohne Unterhöschen wieder zurück. Meine Mutter war nicht sonderlich erschrocken: „Ach, sie hat wohl nur ein kleines Geschäft gemacht." Am Ostersonntag schlich Christa sich vor Sonnenaufgang aus dem Haus und holte von ihrem Lieblingsteich eine Kanne voll Osterwasser. Das sollte uns allen Glück und Segen bringen. Wenn um 10 Uhr die Kirchenglocken zum Ostergottesdienst läuteten und alle Dorfbewohner und später auch die Flüchtlinge zur Kirche gingen, waren wir nie dabei. Wir hatten ja schon das Osterwasser geholt.

Badefieber

Spätestens ab Mitte Juni fieberten wir Kinder der beginnenden Badesaison entgegen. Weil das Ostseewasser aber meistens doch noch zu kalt war, bettelten wir Mutti um Erlaubnis, im wärmeren Hemmelsdorfer See baden zu dürfen. Christa und ich sammelten unsere wenigen Badeutensilien ein und los ging es. Der Hemmelsdorfer See ist ein Süßwassersee. Er wird von einigen kalten Grundwasserquellen gespeist, hat aber auch durch mehrere kleine Sumpfzonen eine Verbindung zur Ostsee, und zwar am Ortsende von Niendorf. Es gab Pläne, dass die deutsche Marine während des Krieges dort einen versteckten U-Boot-Hafen bauen wollte.

Wir mussten etliche Wiesen und Felder überqueren, um auf dem kürzesten Weg das Seeufer zu erreichen. Wir kannten keine offizielle Badebucht und so waren wir froh, nach dem langen Fußmarsch endlich den Schilfgürtel des Sees erreicht zu haben. Es waren keine anderen Leute in der Nähe und wir fühlten uns am wohlsten, wenn wir als Nackedei ins Wasser gingen. So ganz geheuer kam uns das Badevergnügen allerdings nicht vor, weil wir mit dem Schilf zu kämpfen hatten und unsere Füße im weichen Morast einsackten. Endlich konnten wir schwimmen und überquerten mit Leichtigkeit den halben See. Erst wenn meine Hände vor Kälte kein Gefühl mehr hatten, drehte ich um und hatte etwas Mühe, unsere Einstiegstelle wieder zu finden.

Wir hatten uns vorgenommen, aus allerhand leeren Behältern und geflochtenem Schilf ein Floß zu bauen. Dafür begeisterten sich auch einige Nachbarskinder aus dem Dorf. Also zogen wir mehrere Tage hintereinander zum See und machten uns an die Floßarbeit. Einige von uns hatten auch die Idee, dass man mit Zweigen und Ästen besser bauen könnte. Irgendwann gerieten wir in Streit über das hoffnungslose Ergebnis unserer Floßarchitektur. Wir Mädchen wollten unsere Niederlage nicht sofort eingestehen und flochten aus dem Schilf kleine brauchbare Untersätze und Körbe, die wir mit nach Hause nahmen.

Endlich wurde es Sommer und der Strand bevölkerte sich täglich mehr mit sonnenhungrigen Menschen. Obwohl Mutti immer noch viel im Garten oder an der Nähmaschine zu arbeiten hatte, ging sie mit uns vier Kindern fast jeden Nachmittag zum Strand. Wir mussten ihr versprechen, unsere Schulaufgaben gleich nach dem Mittagessen oder erst später gegen Abend zu machen. Da meine Schulaufgaben hauptsächlich im Auswendiglernen von Gedichten, Geschichtszahlen oder Vokabeln bestanden, verteilte ich diese Arbeiten über mehrere Stunden. Manchmal mieteten wir einen Strandkorb, damit Mutti mit Norbert einen besseren Überblick zu uns Wasserratten behielt. Ich war sehr stolz auf meinen ersten zweiteiligen Badeanzug, den ich aus schwarzer Schafwolle selbst gestrickt hatte. Das Oberteil schlabberte allerdings wie ein Fahnenfetzen an mir herum und musste nach jeder Schwimmbewegung an seinen richtigen Platz zurückgeschoben werden. Ich wartete seit langer Zeit auf das sichtbare Wachsen der kleinen Brustknospen, eigentlich um so mehr als sich bei Christa schon etwas mehr zeigte.

Christa und ich hielten uns kaum im Sand liegend auf, sondern waren sofort im Wasser. Es gab einen kleinen Schiffsanleger, an dessen Ende sich eine Treppe zu einer niedrigeren Plattform befand. Hier konnten die Tret- oder Paddelboote bestiegen werden. Ich war gleich zu Anfang ein gutes Stück in das tiefe Wasser hinausgeschwommen. Das Wasser wurde unter mir immer dunkler und ich erkannte viel Seetank und flüchtende Fischschwärme. Ich ging auf Tauchstation und versuchte dabei die verschiedenen Tauchtechniken anzuwenden. Wieder zurück in Richtung Ufer schloss ich mich den spielenden und schwimmenden jüngeren Kindern in Reichweite des Bootssteges an. Christa und ich wollten ja irgendwann unseren DLRG-Rettungsschwimmerschein machen und so übten wir das Streckentauchen an den Stützpfählen entlang. Sämtliche Schwimmprüfungen, die es zu erreichen gab, hatte ich bereits während des Sportunterrichtes meiner Schulklasse in Travemünde abgelegt: Freischwimmer, Fahrtenschwimmer und Todesschwimmer. Beim letzten mussten wir 60 Minuten ohne Grundberührung schwimmen.

Jutta konnte noch nicht schwimmen, sie war knapp vier Jahre alt. Während Christa und ich mit anderen Kindern im Wasser waren, blieben Norbert und Jutta bei unserer Mutter am Strandkorb, spielten mit gesammelten Muscheln und bauten kleine Sandburgen. Mutti genoss die Sonne und versank ab und an in ein kurzes Nickerchen. - Oh Schreck, Jutta war wieder nicht zu finden! Sie wollte uns Älteren nachkommen und lief einfach ans Wasser und dann sofort hinein. Weder die kleine Brandung noch das tiefer werdende Wasser schreckten sie ab. Bevor Mutti aus ihrem Strandkorb hinzu eilen konnte, hatten fremde Jugendliche oder Mütter die kleine Jutta gepackt und sie Mutti in die Arme gegeben. Jutta und Christa fielen durch ihre super blonden Haare überall auf, außerdem waren die Kaatzeschen Mädchen die braunsten am Strand. Wir kannten keine Sonnencremes und liefen fast nur in nassen Badeklamotten herum. Wenn Papi zu Besuch kam und mit uns einige Stunden am Strand verbrachte, war er anschließend krebsrot am ganzen Körper. Unsere Eltern mochten sehr gerne schwimmen. Wenn sie zusammen ins Wasser gingen, hielten sie sich nicht lange im Uferbereich auf, sondern schwammen mit kräftigen Zügen sofort weit hinaus in die Lübecker Bucht. Ihre Köpfe waren nur noch knapp auszumachen und auch starker Wellengang konnte ihr Vorwärtskommen nicht bremsen. Manchmal kam Mutti alleine zurück und sagte nur kurz, dass Papi mal wieder einen Krampf im Bein bekommen hätte und deshalb langsamer zurück schwimmen müsste.

Jutta wurde im Laufe des Sommers immer mutiger beim Hineinlaufen ins flache Wasser. Wir Großen hielten uns gern am Ende des Anlegers auf. Dort war es schon ziemlich tief und so übten wir das Springen von der Brücke. Wir sprangen mit Kopfsprung oder „Arschbombe" ins Tiefe und krabbelten nach einigen Schwimmzügen an der seitlichen Treppe wieder auf den Anleger zurück. Plötzlich mischte sich auch Klein-Jutta unter die springenden Kinder und „bums!" sprang sie ebenfalls hinunter ins tiefe Wasser. Einige umstehenden Erwachsenen schrieen auf: „Ein kleines Kind ist ins Wasser gefallen!" Ich sagte nur kurz, dass das meine Schwester sei, sprang hinterher, erwischte Jutta sobald sie aus der Tiefe wieder auftauchte und dirigierte sie zu unserer Treppe. Das brachte ihr soviel Spaß, dass sie diese Vorführung solange wiederholte, bis Mutti sie energisch vom Bootssteg zurückholte. Irgendwann wurde es mir langweilig immer auf meine kleine Schwester aufzupassen und so ließ ich sie einige Minuten alleine im Wasser zappeln. Siehe da, Jutta ging nicht mehr unter, sondern paddelte wie ein kleiner Hund auf der Wasseroberfläche. Sie gebrauchte nur einen kleinen Anstoß, um die Treppe zu erreichen.

Flüchtlinge im Haus

Wir hatten alle einen wunderschönen warmen Strandnachmittag erlebt, auch Ursel war ausnahmsweise mitgekommen, als wir fröhlich mit Norbert in der Karre den Heimweg nach Häven antraten. Wir Kinder waren vom vielen Baden müde geworden und natürlich sehr hungrig. Mutti versprach uns ein schönes Abendbrot zu machen und so schwenkte die Karawane nichts Böses ahnend in unsere Auffahrt ein. – „Was wollen um Himmelswillen die vielen fremden Menschen vor unserer Eingangstür?“, schoss es uns durch den Kopf. Mutti erstarrte zur Eissäule und brachte vor Aufregung kein Wort heraus. „Wir sind Flüchtlinge, sind seit Wochen auf der Flucht, sind sehr erschöpft und sehr hungrig. Man hat uns ihr Haus als Notunterkunft angewiesen und so bitten wir Sie, uns Ihre verfügbaren Räume zu überlassen“, sagte einer von ihnen. Meine Mutter lenkte sehr unwillig ein, nachdem sie sich bei einem Behördenmensch über diese Amtseinweisung beschwert hatte. Niemand wusste einen besseren Rat, wie diese armen Obdachsuchenden anderweitig untergebracht werden konnten.

Drei Familien und ein allein stehender Herr wurden bei uns in vier leer geräumte Zimmer eingewiesen. Da sie alle total erschöpft waren gab es an jenem Abend keine weiteren Proteste oder sonstige Diskussionen über die Art und Weise der Unterbringung. Meine Mutter und wir beiden Großen halfen noch dabei, die zur Verfügung gestellten Futtersäcke in Rüschens Scheune mit Stroh zu füllen. Jeder Ankömmling erhielt einen Schlag Essen aus einem großen Topf in unserer Küche und danach verzogen sich die Neuankömmlinge auf ihre Strohbetten.

Wir waren erst vor kurzem aus der oberen Wohnung in die Erdgeschosswohnung gezogen, nachdem diese von den Vormietern aufgegeben und die Engländer wieder ausgezogen waren. Diese untere Wohnung bot meiner Familie mit uns vier Kindern endlich mehr Bewegungsfreiheit, weil auch die Küche größer war. An jenem unglücklichen Abend räumte unsere Mutter also mit einigen herumstehenden Männern unser Esszimmer aus. Der große Tisch mit allen Stühlen wurde in das Elternschlafzimmer gestellt. Nur das Büfett mit Inhalt blieb zurück. Die beiden Paidi-Kinderbetten von Norbert und Jutta standen auch im elterlichen Schlafzimmer und das Klavier.

In das von uns ausgeräumte Speisezimmer zog Familie Denzer ein. Es war ein inliegender Raum, eine so genannte Diele, die kein eigenes Fenster hatte und von der die Veranda und zwei weitere Räume zu erreichen waren. Die Familie Denzer bestand aus 4 Personen, nämlich der Mutter mit zwei Kindern im Alter von ca. 14 und 15 Jahren und deren Großmutter. Frau Denzer und ihr Mann waren Landwirte aus der Nähe von Danzig und lebten mit drei Generationen auf dem Hof. Opa Denzer war schon zu Beginn des Krieges verstorben und Herr Denzer war von den heranrückenden Russen verschleppt worden. Sie hatten seit ihrer Flucht keine Nachricht von ihm erhalten. Auch diese Familie hatte ihren Hof mit den vielen Kühen und Schweinen unfreiwillig und in großer Panik vor den heranrückenden Russen verlassen. Sie hatten einen Teil ihres Hausrates noch auf einem Pferdewagen untergebracht und verließen ihr Dorf mit den beiden einzigen Pferden, die sie besaßen. Das waren Reitpferde und so hatten die Frauen große Mühe, das Gespann einigermaßen sicher Richtung Westen vorwärts zu treiben.

Denzers verließen ihren Hof in Pommern Mitte Januar 1945, nachdem die wohlhabenden Gutsbesitzer schon einige Zeit vor ihnen mit gepackten Planwagen gen Westen aufgebrochen waren. Es herrschte eine furchtbare Kälte, die Lübecker Bucht und weite Teile der Ostsee waren zugefroren. Hoher Schnee machte das Vorwärtskommen der Trecks extrem beschwerlich und so konnten diejenigen, die nur mit einem bzw. zwei untrainierten Arbeitspferden aufgebrochen waren nicht allzu weit kommen. Frau Denzer erreichte mit ihrem kleinen Gespann die Mecklenburgische Seenplatte, nämlich Waren an der Müritz. Dort konnte sie ihr erschöpftes Pferd noch einem Bauern verkaufen. Von ihren geretteten Sachen nahmen sie die Kinderbetten und eine Tasche mit wichtigen Dingen an sich und reisten per Zug weiter nach Oldesloe. Von dort aus wurde Familie Denzer zu Bauer Rüsch nach Häven in die Villa Wydole eingewiesen. Auf ähnliche Weise kamen alle anderen Flüchtlinge aus Pommern, Ost- und Westpreußen bei uns und den benachbarten Orten in Schleswig Holstein an.

Wenn das Ehepaar Denzer bei unserem Großbauern auf dem Feld oder in den Stallungen arbeitete, kochte Oma Denzer auf dem kleinen Kanonenofen jeden Mittag eine Art von Milchsuppe, die mit kleinen krümeligen Klößen angereichert wurde. Es roch immer so komisch bei Familie Denzer im Zimmer, obwohl mich die beiden Kinder sehr interessierten. Oma Denzer verließ nur selten das Zimmer. Sie saß stundenlang auf dem Stuhl mit gebeugtem Oberkörper und guckte Löcher in den Fußboden. Sie trug immer nur schwarze Sachen und erzählte meiner Mutter von ihrem verlassenen schönen Bauernhof und den vielen Kühen und Ländereien in Pommern. Sie machte sich große Sorgen, wer jetzt wohl die Milchkühe regelmäßig melken würde.

Christas und mein Kinderzimmer wurde für die junge Frau Lender und deren Kleinkind frei gemacht. Christa und ich bezogen eine winzige Dachkammer in der oberen Etage. Dabei mussten wir den Wohn- und Schlafraum der dort untergebrachten Familie Ponats durchqueren. Unser neues Kinderzimmer war ein kleiner Raum direkt unter der Dachschräge und nur durch eine hölzerne Wand und Holzverschalungen von den Nachbarn und dem Pappdach getrennt. Da Christa und ich vor dem Einschlafen gern lasen, befand sich über unseren Betten ein kleines Regal auf das wir unsere Lieblingsbücher stellten. Außer unseren beiden gegenüber stehenden Betten konnte gerade noch ein kleiner Tisch hingestellt werden, auf dem sich unsere Wasserschüssel und der Wasserkrug befand. Im Sommer war es meistens unerträglich heiß unter dem Dach, sodass wir immer nur nackend auf unseren Betten lagen. Im Winter dagegen spendierte unsere Mutter uns zusätzliche Militärwolldecken und wir gingen eventuell auch mit Strümpfen und Unterwäsche schlafen. Beim Aufwachen in der Nacht oder am nächsten Morgen brauchte ich nur meine Augen an die Holzdecke zu richten, um zu wissen, wie kalt oder warm es ungefähr draußen sein würde. Im Sommer leckten kleine Tropfen herunter und im Winter hüllte sich das gesamte Holz mit einer eisigen weißen Beschichtung ein.

Da Christa und ich unsere Schlafstadt nur durch den einzigen Wohnraum der Familie Ponats erreichen konnten, mussten wir uns daran gewöhnen, möglichst selten die Wohnnachbarn durch unser Hin- und Herlaufen zu stören. Meistens waren wir müde genug, dass wir nach ein paar Seiten Lektüre sofort einschliefen. Nach einigen Wochen jedoch wurde meine Schwester immer unruhiger. Sie störte mich erheblich am Einschlafen, sodass ich mal wieder als große Schwester schimpfte: „Mach doch endlich Deine Lampe aus und die Augen zu.“ „Nein, ich habe Angst und kann sowieso nicht schlafen. Außerdem muss ich noch einmal nach unten auf die Toilette und Mutti Gute Nacht sagen“, entgegnete sie. Daraufhin ermahnte ich sie: „Du sollst doch nicht in der Nacht Ponats stören. Nimm doch den Pinkelpott wie ich es auch mache.“ Christa steigerte sich immer mehr in die vermeintliche Schlaflosigkeit, dass Mutti eines Tages mit ihr zum Arzt ging. Der meinte, meine Schwester sei kerngesund, es könnte sich lediglich um eine pubertäre Wachstumsverzögerung des Herzens handeln und verschrieb ihr leichte Beruhigungstabletten für die Nacht. Ab sofort konnte Christa wieder gut einschlafen, allerdings nur solange wie die verschriebenen Tabletten ausreichten. Danach ging alles wieder von vorne los. Inzwischen hatte sich bei mir eine große Wut auf meine zappelige Schwester angesammelt. Ich wollte nicht länger mit ihr zusammen in der Dachkammer schlafen. Mutti ging ein zweites Mal mit Christa zum Arzt. Dieses Mal verschrieb er ihr ein Placebo, wovon wir Geschwister allerdings nichts wussten. Siehe da, Christas Beschwerden verschwanden und wir mussten uns mit den kinderunfreundlichen Schlafbedingungen abfinden.

Unser Kindermädchen Ursel musste ihr Mädchenzimmer für Herrn Smalun räumen. Sie bezog die zweite kleine Dachkammer. Herr Smalun war Milchkontrolleur, alleinstehend und hatte im Gegensatz zu den anderen Flüchtlingsfamilien keinen landwirtschaftlichen Betrieb im Osten zurück gelassen. Herr Smalun war relativ jung, so ungefähr um die dreißig Jahre. Wir Kinder fanden seine Tätigkeiten im Kuhstall der beiden Landwirte äußerst interessant. Sein Arbeitsmaterial bestand aus einem stabilen aufklappbarem Lederkoffer, in dem sehr viele Glasröhrchen mit kleinen Schalen, Pulverchen und Messgeräten eingeordnet waren. Der Inhalt des Koffers erinnerte mich immer an unser Laborzimmer in der Schule. Herr Smalun verließ in den frühen Morgenstunden das Haus, wenn bei Bauer Rüsch das Melken der Kühe beendet war und die gefüllten Milchkannen zum Transport zur Meierei nach Warnsdorf auf dem Hof bereitstanden. Herr Smalun hob die Deckel von den vielen Blechkannen an, schnupperte kurz hinein und entnahm einigen Kannen eine kleine Milchprobe in eines seiner Gläschen. Dann hantierte er mit der Milchprobe in dem offenen Koffer herum und füllte anschließend einen vorgedruckten Bogen Papier mit Bleistift aus. Diese Prozedur wiederholte sich am späten Nachmittag noch einmal, wenn die Kühe zum zweiten Mal gemolken wurden. Ich bewunderte Herrn Smalun bei der Ausübung seiner Tätigkeiten an den Milchkannen und dem Koffer. Es hatte so etwas wie der Hokuspokus eines Zauberers an sich. Wenn Herr Smalun zurück auf sein Zimmer in der Villa kam, durften wir Kinder ihn häufig besuchen. Dann konnte er wunderbare Geschichten über Tiere erzählen. Er besaß auch einige sehr dicke Fachbücher mit bunten Bildern über den Knochenbau und die inneren Organe von Kühen und Bullen. Ich versuchte heraus zu finden, wie die Tiere ihre Kälber zeugen und gebären. Eines Tages durfte ich mit in den Kuhstall gehen und dabei sein, wie ein kleines Kalb geboren wurde. Das war für mich ein großes Erlebnis. Manchmal erlaubte Herr Smalun uns, aus dem Deckel einer Milchkanne die warme Milch zu trinken. Diese schmeckte ganz anders und viel besser als die, die wir aus der Meierei bezogen. Unsere Aufenthalte in Herrn Smaluns Zimmer wurden immer länger, als meine Mutter eines Tages energisch sagte: „Ich möchte nicht, dass Ihr so oft bei dem jungen Mann im Zimmer seid.“

An jenem denkwürdigen Abend zogen also mit einem Schlag insgesamt 10 fremde Personen in unsere Villa Wydole ein. Sie alle besaßen nichts, außer was sie am Körper trugen und einige kleine Reisetaschen und Bündel. Die Tage und Wochen nach dem Einzug der neuen Mitbewohner waren für alle ein einziger Stress. Mit dem wohnlichen Zusammenrücken hatten meine Mutter und wir Kinder uns einigermaßen abgefunden. Aber nicht mit der ständigen Benutzung unseres Kohleherdes in der Küche, unserer beiden Trink- und Brauchwassereimer und des einzigen Plumpsklos im Stallgebäude außerhalb des Wohnhauses. Dort gab es eine sehr große Klärgrube, die bei diesem ungewöhnlichen Andrang häufiger als üblich geleert werden musste. Auch fürchteten wir Kinder uns vor den ständig frecher werdenden Ratten unterhalb des hölzernen Sitzes.

Die Küche in der Villa Wydole war gleichzeitig auch der einzige Eingang zu den unteren und oberen Zimmern. Da die Türen nach draußen und zum angrenzenden Flur fast immer offen standen, war es in unserer Küche immer so ungemütlich und unruhig wie auf einem Bahnsteig. An der einzigen Wand befanden sich der nicht zu benutzende Handstein, unser Küchenschrank mit Geschirraufsatz und der große Kohleherd mit integriertem kupfernem Wasserreservoir. An der kurzen Wand stand der so genannte Arbeitstisch, auf dem im Frühsommer die Küken ausgebrütet wurden und in der Mitte des Raumes der ausziehbare Waschtisch mit zwei Emailleschüsseln. Unsere Mutter und die jeweilige Haushaltshilfe befanden sich im ständigen Kampf mit dem verschmutzten steinernen Fußboden. Nicht nur wir Kinder liefen ja andauernd vom Garten kommend rein und raus. Auch alle einquartierten Flüchtlinge mussten durch unsere Küche hindurch. Wenn wir nicht aufpassten, versuchten auch das Schwein, das Schaf und die Hühner bis zu dem offen stehenden Abfalleimer zu gelangen.

Eines Tages erschien ein Ofensetzer und installierte in jedem Flüchtlingszimmer einen gusseisernen Kanonenofen, dessen Abluftrohr quer durchs Zimmer verlegt wurde. Auf diesem schwarzen Ofen konnte auf der oberen heißen Platte mit jeweils einem Kochtopf oder einer Pfanne das warme Mittagessen vorbereitet werden. Frau Ponats und Frau Denzer verließen morgens sehr früh das Haus, um bei Bauer Rüsch auf dem Hof oder den Feldern zu arbeiten. Die beiden Kinder besuchten mit Christa die kleine Dorfschule in Häven. Nur Frau Lender verließ selten ihr Zimmer, sie hatte ja ihren kleinen Sohn zu versorgen. Zu Frau Lender hatte auch unsere Mutter kaum Kontakt. Sie meinte, dass diese junge Frau Schlimmes vor oder auf der Flucht erlebt hätte. Sie hatte offensichtlich auch keine Angehörigen mehr.

Alle Flüchtlingsfrauen hatten vor den heranrückenden russischen Soldaten furchtbare Angst, weil sie bereits einige Vergewaltigungen miterlebt hatten. So verdeckten sie ihre Köpfe und teils die Gesichter mit großen Tüchern und beschmierten sich mit Schmutz und abstoßenden Gerüchen. Als wir sie in unserem Haus aufnehmen mussten, konnte meine Mutter die Jüngeren von den Älteren kaum unterscheiden. Sie nahmen nur ungern das angebotene Baden im Waschhaus an und die Kinder fanden auch kein Vergnügen daran, mit uns am Nachmittag zum Baden nach Niendorf zu gehen. Auf unserer Klassenreise nach Oslo anlässlich unserer 50-jährigen Schulentlassung erfuhr ich, dass auch eine ehemalige Mitschülerin auf der Flucht als 10-jährige vergewaltigt worden sei. Als Teenager war mir der Begriff völlig unbekannt und auch die Erwachsenen gaben keine vernünftigen Erklärungen dafür. Überhaupt waren alle Neuankömmlinge in unserem Dorf die erste Zeit sehr wortkarg und irgendwie auch bedrückt. Bei Familie Kaatze war es immer sehr fröhlich; dafür sorgten schon wir Kinder und unsere Spielkameraden und unsere Mutter flitzte ständig im leichten Laufschritt hin und her. Zwischendurch trällerte sie kleine Lieder oder setzte sich auch ans Klavier.

Wochenendbesuch

Als unser Vater das nächste Wochenende nach Aufnahme der Flüchtlingsfamilien aus Hamburg zu Besuch kam, war er über die veränderte Lebenssituation seiner Familie sehr überrascht. Es wollte sich keine rechte Freude über sein Kommen einstellen und meine Eltern hatten in unseren verbliebenen zwei Zimmern keine Rückziehmöglichkeit, ohne dass nicht irgend ein Kind oder die Tür an Tür lebende Familie Denzer alles mit anhören und sehen konnte. So trafen sich Mutti und Papi mit Fiete Rüsch und dessen Schwager Herrn Wulf nebenan auf dem Hof, hielten einen kurzen Schwatz bei Frau Rüsch und gingen anschließend gemeinsam zum Stammtisch in „Johannsens Hotel“ nach Niendorf.

Herr Wulf besaß einen großen Bauernhof in Mecklenburg-Vorpommern, der nun auch unter russischer Verwaltung stand. Er hatte keine eigene Entscheidung mehr, was die Arbeiten auf seinem Hof betraf und so entschloss er sich, zu seinem Schwager nach Häven auszusiedeln. Frau Wulf blieb freiwillig zurück in der Hoffnung, durch ihre Anwesenheit ein gewisses Mitspracherecht behalten zu können. Diese Strategie führte ein paar Jahre danach auch zum Erfolg. Als unsere Familie schon wieder zurück in Hamburg war, erfuhren wir von Herrn Rüsch, dass sein Schwager nach Mecklenburg zurückgekehrt sei und seinen Hof wieder eigenständig verwalten würde. Im Übrigen konnten wir beobachten, dass der landwirtschaftliche Betrieb der Familie Rüsch nach Kriegsende mit der tatkräftigen Unterstützung von Herrn Wulf zur besseren Ertragslage gedieh.

Am Stammtisch in „Johannsens Hotel“ trafen sich noch andere Geschäftsleute aus Niendorf und spielten bis in den Abend hinein Skat. Meine Mutter war meistens die einzige Frau in dieser Runde, sie konnte aber sowohl im Spiel als auch im Alkoholkonsum gut mithalten. Es wurden harte Sachen getrunken, so dass der Heimweg oder die Rückfahrt in Rüschens Kutsche recht fröhlich und laut angegangen wurde. Wir Kinder hatten inzwischen mit Ursel unser Abendbrot eingenommen, Norbert und Jutta lagen schon in den

Betten, und ich wartete ungeduldig auf die Rückkehr meiner Eltern. Endlich trudelten Mutti und Papi von ihrer Skatrunde wieder ein. Ich freute mich so, da wir Papi ja kaum gesehen hatten. Aber sie hatten gar keine Lust mit uns noch irgendetwas zu unternehmen und wollten nur ihre Ruhe haben und möglichst schnell das Bett aufsuchen.

Am Sonntagmorgen danach fanden wir Kinder uns mit den Eltern am gemütlichen Frühstückstisch wieder vereint. Mutti hatte schon sehr früh die Brötchen im Ofen selbst gebacken, Papi war Meister im Zuckerei–Schlagen per Handrührgerät und wir Kinder wetteiferten beim Naschen der verschiedenen Marmeladen aus unserem Garten. Nach dem Frühstück genossen unsere Eltern noch ihre gewohnte Zigarette und Papi erzählte von seiner Arbeit und seinem Chef im Hamburger Büro. Er wohnte bei Oma Tine in unserer alten Wohnung in der Richterstraße. Dort waren noch zwei weitere Hamburger Familien untergekommen, die ausgebombt waren. Als diese Leute nach einigen Jahren auszogen, vermietete meine Großmutter die freigewordenen Zimmer an wechselnde Studenten der nahegelegenen Fremdsprachenschule. Nach der Währungsreform wurde die Miete für diese große Wohnung derart erhöht, dass Oma Tine keine andere Wahl blieb als ständig Untermieter bei sich aufzunehmen. Sie verdiente als Hausschneiderin zur Rente von Onkel Otto etwas hinzu und ließ sich die Zimmerreinigung und das Mittagessen der Mieter bezahlen. Diese fühlten sich während ihres Kurses an der Sprachenschule bei Oma Tine derart gut untergebracht, dass sie nur ungern nach dem Examen ihre Zimmer wieder aufgaben. Ähnlich gut erging es meinem Vater unter den Fittichen von Oma Tine. Sie versorgte ihn in den für uns so mageren Hungerjahren mit eingetauschten Lebensmitteln und pflegte seine Bekleidung und Wäsche so gut es ihr möglich war. Papi arbeitete viel an den sechs Werktagen, häufig bis in die späten Abendstunden. Da war es nur verständlich, wenn er an den kurzen Wochenenden nicht immer Lust hatte, seine Familie in Häven zu besuchen.

Nachdem wir durch die Aufnahme der Flüchtlinge nur noch über zwei eigene Zimmer in der Villa Wydole verfügten, warteten Mutti und wir Kinder sonnabends häufig vergeblich auf die Ankunft unseres Vaters. Unsere Mutter war dann immer sehr bedrückt und traurig und ließ sich auch zu keiner

Abwechslung überreden. Sie gab bis in den späten Abend das Warten auf Papi nicht auf. Nur selten traf Papi am Sonntagmorgen doch noch ein. Dann war die Freude besonders groß und wir ließen unseren Vater nicht mehr aus den Augen.

Im Gegensatz zu unserer Mutter, die ja als Kind häufig in Bredstedt gelebt hatte, kannte unser Vater das Landleben nicht. Er war in Hamburg-Altona geboren und in Hamburg Groß Flottbek aufgewachsen. Als gelernter Kaufmann machte er auf seine Mitmenschen einen weltoffenen, sympathischen und gut aussehenden Eindruck. Er behielt bis ins hohe Alter seine schlanke gute Figur bei einer stattlichen Größe von 185 cm. Daher muss meinen Vater das eintönige und primitive Landleben seiner Familie in Häven sehr genervt haben. Uns Kindern gegenüber war Papi immer sehr liebe- und verständnisvoll und sagte zu unseren kleinen Wünschen auch eher „Ja", während Mutti häufig „Nein" sagte.

„Papi kommst Du mit an den Strand, es ist heute so schönes Badewetter?", fragten wir. Unser Vater mochte auch sehr gerne schwimmen und so richteten wir uns im Strandkorb mit Handtüchern und Badezeug häuslich ein. Papi zögerte noch ein bisschen mit dem Ausziehen, als wir Kinder unsere gestrickten Badeanzüge sofort über unsere braunen Körper streiften. „Nun mach schon Papi, wir wollen doch mit Dir zusammen ins Wasser gehen!", drängten wir ihn. Mein Vater fing langsam an, sich auszuziehen und wir bestaunten seinen blassen Oberkörper, der über und über mit kleinen roten Punkten besäht war. Ob das wohl eine Krankheit ist? Unser Vater musste sich zu allem Übel auch noch jucken und so schwollen die kleinen roten Punkte stark an. Das Ostseewasser brachte etwas Linderung und Papi nahm sich vor, bei seiner Rückkehr in Hamburg sofort zum Arzt zu gehen. Bei seinem nächsten Besuch in Häven erfuhren wir, dass unser Vater regelmäßig von Flohstichen heimgesucht wurde, sobald er im Elternschlafzimmer übernachtete. Wahrscheinlich hatten die Tierchen sich nebenan bei Familie Denzer eingenistet. Meine Mutter rieb meinen Vater am ganzen Körper mit Salmiakgeisttüchern ein und Oma Tine sollte seine Wäsche sofort in Hamburg waschen.

Bild 7: Papa mit Flohstichen

Eingemachtes

Der schöne Sommer ging seinem Ende entgegen. In der letzten Woche der allgemeinen Schulferien gingen die Landarbeiter und alle verfügbaren Frauen zum Erbsenfeld, um die reifen und sehr dicken Schoten zu pflücken. Christa und ich durften auch mithelfen und so reihten wir uns in die Reihe der Pflückerinnen ein und pflückten in gebückter Haltung die Schoten von den niedrigen Büschen. Es war für uns eine ungewohnte Arbeit und zum ersten Mal konnte ich meine Mutter verstehen, wenn sie über starke Rückenschmerzen klagte. Wir haben diese Feldarbeit nicht sehr lange durchgehalten und waren umso glücklicher, als Herr Rüsch uns jeden Abend einen Sack voll frischer Erbsen als Lohn für unsere Mithilfe herüber brachte. Tante Käthe aus Niendorf wurde herbeigerufen, unsere Mutter und Ursel ließen alle anderen Arbeiten liegen und wir saßen im großen Kreis unter der Linde im Vorgarten und pulten stundenlang Erbsen aus den Schoten. Es waren dicke Felderbsen und schmeckten nicht annähernd so gut und süß wie unsere eigenen Gartenerbsen. Anschließend füllten wir sie in die vorbereiteten Weckgläser, um sie danach stundenlang im Wasserbad zu sterilisieren.

In unserer Speisekammer befand sich eine große Anzahl von Einmachgläsern in unterschiedlicher Form und Größe. Der Erfolg des Einweckens war abhängig davon, dass die Lebensmittel oder auch das Fleisch einwandfrei sauber und frisch in die Gläser gegeben und die passenden Gummiringe und Deckel mit Halteklammern aufgesetzt wurden. Mit den Erbsen gab es meistens Probleme, oft gingen nach ein paar Tagen die Gläser wieder auf. Wir aßen dann tagelang Erbsensuppe und Erbsenpüree in vielen Geschmacksvariationen.

Wenn unser Schwein einige Wochen vor Weihnachten geschlachtet wurde, war das zwar ein freudiges Ereignis, weil nun endlich unsere mageren Fleisch- und Wurstbestände wieder aufgefüllt wurden, aber für meine Mutter und unsere Haushaltshilfe fiel sehr viel Arbeit über mehrere Tage an. Das Schwein wurde auf unserem Hof mit einem Stich in die Gurgel getötet. Das auslaufende Blut wurde in einer Wanne aufgefangen und dabei ständig umgerührt. Diese Arbeit übernahm ich, weil meine Mutter diesen Anblick nicht ertrug. Der Schlachter schlitzte anschließend die Bauchdecke auf und entfernte sämtliche Eingeweide, die ebenfalls in eine Wanne geworfen wurden. Vorher waren die Borsten in kochendem Wasser entfernt worden und das liebe Vieh hing aufgeklappt und gereinigt an einer Holzleiter an der Hauswand. Meine Mutter hatte sich schon lange vorher genaue Verarbeitungsanleitungen und Rezepte von Frau Rüsch aufgeschrieben und so werkelten die Frauen tagelang zwischen Hof, Küche und Herd hin und her, um das Schwein bis zum letzten Knochen und Darm portioniert zu verarbeiten. In die gereinigten Därme füllten sie die gewürzte und durch den Fleischwolf gedrehte Mettmasse ebenso wie die Lebermischung. Die kleineren Fleisch- und Fettstücke kamen in die Sülze und die großen Teile als Braten in die Einmachgläser. Nach dem Einpökeln der Vorder- und Hinterschinken fuhren wir diese und die verschiedenen Würste zum Räuchern in eine kleine Rauchkammer bei einem Niendorfer Bekannten.

Die fertigen Schinken und Speckseiten hingen hinter der Kellertür und verströmten lange Zeit wunderbare Gerüche, sobald wir in den Keller stiegen, um an die Kartoffel- oder Wurzelkiste zu gelangen. Die Erwachsenen schwärmten von unseren Rauchwaren und meine Mutter versuchte so sparsam wie möglich damit umzugehen, weil wir ja erst ein Jahr später das nächste Schwein schlachten würden. Ich durfte mir morgens zum Frühstück einige Scheiben von der Speckseite abschneiden, die ich zusammen auf zwei Brotscheiben mit zur Schule nahm. Die Eltern meiner Schulkameradin Agnes hatten in Travemünde ein Milchgeschäft, weshalb das Schulbrot von Agnes meistens aus dicken Käsescheiben bestand. In der großen Pause setzte ein intensives Tauschgeschäft unter unseren Schulbroten ein. Ich bevorzugte immer die Käsebrote. Diese Vorliebe für Käse veranlasste meine Mutter häufig zu der drohenden Aussage: „Zuerst wird der Schinken gegessen und danach dürft Ihr Euch vom Käse ein Stück abschneiden!“

In den ersten Monaten nach Kriegsende und der schlechten Lebensmittelbeschaffung erhielten wir jeden Tag in der Schule die so genannte Schwedenspeise. Das war für uns Kinder eine lebenswichtige Zusatzration. Ich freute mich immer auf die erste große Pause und das Klappern der herangeschleppten Blechkannen. Endlich läutete es und jede Klasse stürmte auf den großen Flur hinaus und reihte sich in die wartenden Kinderschlangen ein. Die aufsteigenden Essengerüche aus den Kannen waren nicht immer appetitlich, aber wenn wir mit dem großen Suppenlöffel unsere Blechschüssel gefüllt hatten, vergaßen wir das Ungewohnte und löffelten sehr schnell den gesamten Inhalt in uns hinein. Am häufigsten gab es Eintöpfe mit braunen Sojabohnen oder Mais und Haferschleimsuppen. Manchmal wurden auch kleine Keks- und Müslipackungen verteilt. In dieser Zeit erhielten wir von Onkel Ernst aus Amerika einige Carepakete. Onkel Ernst war Oma Marthas Halbbruder und schon als junger Mann Anfang 1900 ausgewandert. Am meisten freuten wir uns über die ersten Perlonstrümpfe, Bohnenkaffee, Kekse und einige Textilien. Ich erhielt ein engggeschnittenes blaues Rüschenkleid, das ich leider als Dorfkind nur selten anziehen konnte.

Unsere Wurstbestände waren fast aufgegessen, als Mutti eines Tages meinte, das etwas länger lagernde Wurstende sei doch noch essbar und solle auf keinen Fall in den Abfall geworfen werden. Am nächsten Morgen war Mutti sehr krank. Sie hatte sich in der Nacht mehrmals übergeben und mochte nicht aufstehen. Ihr Bauch wurde immer dicker und sie hatte starke Schmerzen. Das Fieber stieg hoch an. Als sich ihr Zustand nach drei Tagen sichtbar verschlechterte, musste ein Arzt aus Niendorf kommen und Mutti untersuchen. Er kam danach jeden Tag und sagte, unsere Mutter hätte eine Fleischvergiftung, die sehr gefährlich und schon zu weit fortgeschritten sei, um Gegenmaßnahmen einzuleiten. Als das Fieber endlich zurück ging und auch die Schwellung abklang, schlug die Vergiftung auf die Augen. Mutti war vorübergehend erblindet und konnte nach Abklingen der akuten Krankheit wochenlang kein Buch oder die Zeitung lesen. Es war für uns alle eine schlimme Zeit, weil wir uns häufiger um unsere beiden kleinen Geschwister kümmern mussten.

Herbstzeit

Am meisten freute ich mich jedes Jahr auf die Herbstferien. Dann war auf den Feldern von Bauer Rüsch die Erntezeit angebrochen. Die Gerste, der Weizen und der Roggen waren bereits abgemäht und die gebündelten Gaben von den Frauen zu kunstvollen Hocken aufgestellt worden. Wenn nach ein bis zwei Wochen die Halme genügend abgetrocknet waren, wurden die Arbeitspferde angespannt und die Erntewagen fuhren von Hocke zu Hocke. Alle verfügbaren Helfer reichten mit der Heugabel die Strohgaben auf die Wagen, wo sie wiederum gut gestapelt wurden, damit die volle Fuhre sicher zur Scheune eingefahren werden konnte. Ich zog von meiner Mutter die einzig verfügbare lange Stoffhose, ein paar Gummistiefel und einen dünnen Pullover an und fuhr mit einem leeren Erntewagen aufs Feld. An der ersten Hocke angekommen, schwang ich mich über die Deichsel auf eines der beiden Pferde und schrie „Hüh, Hüh!", wenn der Wagen zur nächsten Hocke gefahren werden musste. Erst wenn unser Wagen hoch genug gestapelt war, musste ich absteigen und die Heimfahrt dem Kutscher überlassen. Der schwang sich auf den vollbeladenen Erntewagen und dirigierte die Pferde mit dem langen Zügel gemächlich nach Hause.

Im Oktober waren alle Felder abgeerntet, auch die Futter- bzw. Zuckerrüben und die Kartoffeln. Diese wurden zunächst mit einem pflugähnlichen Gerät aus dem Boden gegraben und gleichzeitig aufgenommen. Da aber nicht alle Früchte eingesammelt wurden, gingen die Frauen zum Nachsammeln per Hand durch die Reihen. Auch wir älteren Kinder waren dabei und verdienten uns dadurch einige Säcke voll Einlagerungskartoffeln für den Winter. Leider verlor ich bei einer dieser Aktionen meinen kleinen Brillantring, den ich von Herrn Krüger zur Konfirmation geschenkt bekommen hatte. Meine Mutter war völlig überrascht als ich ihr diesen Verlust beichtete: „So ein wertvolles Schmuckstück hättest Du doch vorher abnehmen müssen!"

Zum Erntedankfest schmückte Frau Rüsch die Diele im Haus fein heraus und über den gedeckten Tischen hing der große wunderschöne Erntekranz.

Der Hofplatz und die Einfahrt wurden gefegt und alle Arbeiter und die Frauen zogen ihre Sonntagskleidung an. Nach dem Gottesdienst in Niendorf setzten sie sich gemeinsam an die gedeckten Tische und feierten bei üppigen Speisen und Getränken bis in den späten Abend.

Nach den Herbstschulferien wurden die Tage kürzer und häufig überfiel uns der Winterbeginn bereits vor Weihnachten mit eiskalten Ostwinden und den ersten Nachtfrösten. Dann konnten wir Kinder nur noch kurze Zeit am Nachmittag draußen spielen, während meine Mutter sich an ihre Nähmaschine zurückzog. Die letzte Außenarbeit hatte sie neben der Hausarbeit und der Wäschepflege in den Morgenstunden zusammen mit Ursel in Angriff genommen. Der riesige Holzhaufen auf dem Hof musste auf dem Sägebock per Zugsäge zerkleinert werden. Mein Arm schmerzte von der schweren Arbeit. Das Zerhacken der Holzscheite auf dem Baumstamm war eine etwas leichtere Arbeit, bei der wir großen Kinder mithalfen. Neben den Baumstämmen sortierten wir die abfallenden Äste und Zweige auf einem separaten Haufen. Irgendwann im Winter machte die Häckselmaschine im Dorf die Runde und schredderte in kürzester Zeit die Zweige. Diese benutzten wir zum Anzünden des großen Kachelofens im Zimmer und für das Herdfeuer. Die gebrauchsfertigen Holzstücke stapelten wir zu einem runden Holzdiemen auf dem Hof, damit der Wind das Abtrocknen besorgen konnte.

Handarbeiten

Die Singer-Nähmaschine stand im Schlafzimmer zwischen Juttas und Norberts Paidi-Betten. Daher nähte Mutti auch nur tagsüber, wenn die beiden Kleinen ausgeschlafen hatten. Die so genannte Handarbeit wie Knöpfe annähen, Knopflöcher sticken oder Smokarbeiten behielt sie sich für die Nachmittags- und Abendstunden vor. Wir saßen im kuschelig warmen Wohnzimmer mit einem Buch vor der Nase oder ich machte meine Schulaufgaben am Schreibtisch. Da wir keine Schulbücher besaßen, hatte uns der Fachlehrer für Geschichte und Biologie das jeweilige Kapitel vorgelesen oder diktiert. Ich übertrug diese Notizen Zuhause in das entsprechende Schulheft und lernte das Geschriebene größtenteils auswendig. Auf diese Art und Weise mussten wir bei Mrs. Rausch endlose Gedichte deutscher Klassiker aufschreiben und auswendig lernen. Zum Aufschreiben von Schillers Glocke mit ihren 30 Strophen benötigte ich alleine ein extra neu geschenktes Büchlein im Herzchenformat. Papi brachte ab und an ausrangiertes Briefpapier aus dem Büro mit. Das war immer eine große Freude. Daraus heftete ich mir die Schreibhefte zusammen.

Mein Lieblingslehrer war Herr Brehmer, unser Kunsterzieher. Mrs. Rausch, die Deutsch- und Klassenlehrerin verlor oft die Nerven während des Unterrichtes. Dann tobte sie und schrie uns an und schmiss auch schon mal schlecht ausgefallene Klassenarbeiten auf den Fußboden. Ich hatte schreckliche Angst vor diesen Wutausbrüchen und überhaupt vor ihren ungerechten Beschimpfungen. Ich wagte kaum mich zu melden, aus Furcht durch eine falsche Antwort vor der ganzen Klasse schikaniert zu werden. Ich glaube, durch diese Lehrerin jegliches Selbstbewusstsein und die Freude am Unterricht verloren zu haben. Nur von Herrn Brehmer erhielt ich Lob, Anerkennung und Förderung. Ich vergaß die letzte Deutschstunde und meine Wut und zeichnete mit Tusche und Feder die schönsten Bilder. Noch glücklicher war ich, wenn ich wieder einen Scherenschnitt in Angriff nehmen konnte und dafür von Herrn Brehmer das schwarze Papier erhielt. Ich durfte es mit nach Hause nehmen und so saß ich nach den Schulaufgaben noch lange am Schreibtisch und schnippelte meine Fantasien aus dem Papier heraus.

Christa und Jutta besuchten die einräumige kleine Dorfschule in Häven. Als Ende der 40er- Jahre in Timmendorf das Gymnasium mit angeschlossenem Internat eröffnet wurde, wechselte Christa auf diese Oberschule. Sie hatte zunächst einige Wissenslücken durch Nachhilfestunden aufzuholen, wurde danach aber wieder mal die Klassenbeste. Auch Jutta war in Häven, als auch später in Hamburg, zunächst eine gute Schülerin. Der erste Leistungsabfall machte sich in der 6. Klasse auf dem Gymnasium bemerkbar. Da war Jutta 12 Jahre alt.

Meine Schwestern erledigten die Hausaufgaben am großen Esszimmertisch sofort nach dem Mittagessen. Sie waren sehr schnell damit fertig und gingen dann häufig nach draußen, um mit anderen Kindern aus der Schule zu spielen. Ich gebrauchte immer sehr viel Zeit für meine Schulaufgaben, da ich mich durchs Zeichnen und Basteln am großen Schreibtisch gerne ablenken ließ.

Norbert war Ursels Liebling. Mutti hatte eigentlich immer wenig Zeit mit den beiden Kleinen zu spielen. Die Haus- und Gartenarbeit verlangten ihren vollen Einsatz, sowohl zeitlich als auch kräftemäßig. Außerdem war sie zwischendurch auch immer häufiger mit Näharbeiten beschäftigt. Es gab ja kaum neue Kinderbekleidung und Haushaltswäsche zu kaufen. Wir waren über jedes Stück Stoff glücklich, das Oma Tine und Freunde uns überließen. Dazu gehörten auch die schwarz-weiß-roten Stoffbahnen der Deutschland-Fahne. Mutti nähte mir daraus ein so genanntes Dirndlkleid mit geblümtem Oberteil. Der rote Rock wurde mit einer weißen Schürze bedeckt, denn eigentlich sollte niemand erkennen können, dass die verbotene Fahne verarbeitet wurde. Auch meine Klassenkameradinnen trugen nach Kriegsende auffallend viele rote und schwarze Blusen und Kleider. Mein Vater war ein bisschen enttäuscht, dass Mutti für ihn keine Hosen und Jacketts nähen konnte und wollte. Aber im Anfertigen seiner Oberhemden war sie Spitze. Mit den gut sitzenden Hemdenkragen und doppelten Manschetten sah unser Vater immer

Gentleman-like aus und machte dadurch auch Werbung für die Schneiderkunst meiner Mutter.

Als im ersten Winter nach Kriegsende und nach Aufnahme der vielen Flüchtlinge die große Hungersnot über uns hereinbrach, versuchten wir uns mit Papis Autozubehör, Handwerkszeug und den abgepackten Schrauben und Nägeln über Wasser zu halten. Wir lebten noch nicht sehr lange in Häven und hatten in dieser ersten Zeit wenig Kontakt zu den Landwirten. Wir waren die „Buten Hamburger" und man begegnete uns Fremden reichlich misstrauisch. Mein Vater hatte aber ein paar Kontakte zu Timmendorfer und Niendorfer Geschäftsleuten und Gastronomen eingefädelt. Auch ein Tankstellenbesitzer gehörte zu den Kunden der Firma Walther Hauenschild. Als dieser eines Tages das gutsitzende neue Oberhemd an meinem Vater bewunderte, fiel ihm ein, dass seine Familie eine größere Meteranzahl von so genannter Fallschirmseide im Schrank liegen hätte. „Herr Kaatze, ich verspreche Ihnen einen guten Lohn in Form von Naturalien, wenn Ihre Frau aus diesen Stoffen Oberhemden für mich anfertigt." Meine Eltern waren begeistert von diesem Angebot, erhofften sie sich doch ein gutes Zubrot zu den sehr bescheidenen Zuteilungen durch die Lebensmittelmarken. Mutti fuhr am nächsten Tag per Fahrrad nach Niendorf, um die Seidenstoffe persönlich abzuholen und gleichzeitig am Kunden die Körpermaße zu nehmen. Dann machte sie sich ohne Umschweife an die Arbeit. Sie nähte fast ohne Pause tagelang an ihrer Singer Nähmaschine, Baujahr 1910, im viel zu kalten Wohnzimmer und bei spärlicher Akku-Notbeleuchtung. Die meiste Mühe und sehr viel Zeitaufwand erforderten die vielen Knopflöcher, die per Hand in die schlechte Seide genäht werden mussten.

Nach einer arbeitsreichen Woche bestaunten wir alle die 6 bis 8 fertigen Hemden, die meine Mutter sofort per Fahrrad ihrem Kunden in Niendorf ablieferte. Sie kam nach zwei Stunden erschöpft mit einem kleinen Paket und traurigem Gesicht zurück. An diesem Abend gab es für uns alle an Stelle der täglichen Milch-Wasser-Suppe ein richtiges Festmahl. Wir aßen eine Pfanne voll köstlicher Bratkartoffeln in Margarine gebraten und etwas Schwarzbrot mit hausgemachter Leberwurst. In einer halben Stunde war der gesamte Nählohn von einer anstrengenden Arbeitswoche aufgegessen.

Unsere lieben Kleinen

Ursel beschäftigte sich sehr viel mit Norbert und Jutta, wenn Mutti während der Näharbeiten keine Zeit für ihre Jüngsten hatte. Unser Kindermädchen liebte und hätschelte den kleinen Jungen wie ihr eigenes Kind. Wir beiden Großen konnten mit unseren jüngeren Geschwistern nicht viel anfangen. Norbert weinte sehr oft, wobei ihm ein Schwall von Speichel aus dem Mund floss und die Tränen sein kleines Gesichtchen völlig ertränkten. Damit der Anzug von Norbert nicht laufend durchnässt wurde, hatte Mutti zwei Lätzchen genäht, die sie ihm im Wechsel ständig um den Hals band. Dieser Tropfenfänger bestand aus einer gummiartigen Oberseite, während sie für die Unterseite abgelegtes Frotteematerial benutzte. Es machte am Körper von Norbert keinen Unterschied, ob nun gerade die Stoff- oder die Gummiseite zum Einsatz kam. Mein Bruder roch immer leicht säuerlich, weshalb ich ihn selten umarmte. Ursel und Mutti lachten über meine Abneigung gegenüber Norberts unkontrolliertem Speichelfluss. Sie wuschen zwischendurch ein durchnässtes Lätzchen im Abwaschbecken aus und bemerkten nicht, dass der unappetitliche Geruch kaum gemindert wurde.

Der kleine Norbert wuselte auf dem Fußboden zwischen den Sesseln, Muttis und meinen Beinen herum und spielte mit dem einzigen Spielzeug, das er als Junge unter uns Mädchen heiß und innig liebte und verteidigte, seine hölzerne Eisenbahn. Sie bestand aus einer Lokomotive und zwei Waggons von je ca. 30 cm Länge. Mein Vater hatte diese massiven Teile von einem Tischler anfertigen lassen. Die Bahn fuhr auf hölzernen Rädern und wurde von Norbert stundenlang durch unsere beiden einzigen Zimmer geschoben. Zwischendurch benutzte er die Lokomotive auch als Sitzgelegenheit. Nach einiger Zeit wurde meinem Bruder die Beschäftigung mit seiner Eisenbahn langweilig. Er hängte sich an Muttis Schoß in der stillen Hoffnung, dass sie nun etwas Neues für ihn zur Hand hätte. Mutti war aber gerade mal wieder mit ihrem Nähzeug beschäftigt und bemerkte kaum etwas von Norberts Unzufriedenheit. Plötzlich brüllte Norbert los: „Ich will die Venus haben!“ Er schrie immer lauter, wobei reichlich Wasser aus seinem Mund und den Augen floss. Da das Zimmer ja nur durch eine Tür zu Familie Denzer getrennt war, konnte Mutti nicht umhin, den kleinen Schreihals auf den Arm zu nehmen und mit ihm zum Ofensims zu gehen. Dort oben stand die bronzene Venus-Skulptur. Niemand aus unserer Familie hatte je dieses Kunstwerk zur Kenntnis genommen. Im Gegenteil, in meinen Augen war es ein unnützer kitschiger Gegenstand. Ich habe auch nicht verstanden, warum meine Mutter so sehr an ihr hing und von wem und wann sie die Venus bekommen hatte. Auf Muttis Arm und Auge in Auge vor der Venus stehend, hörte Norbert sofort mit dem Geschrei auf und reckte seine kleinen Arme aus. Er durfte sie vorsichtig streicheln und sie lange angucken. Dann setzte Mutti ihn wieder zurück auf den Fußboden und beugte sich über ihre Näharbeit. Wenn Norbert krank war und sehr viel weinte, ließ er sich durch bloßes Angucken der Venus nicht beruhigen. Dann holte Mutti die Venus vom Ofensockel herunter und gab sie ihm vorsichtig in die Arme. Er befühlte ihren glatten Körper immer wieder und wollte wissen, warum die Frau auf einem Felsen sitzt, wo alle anderen Frauen doch immer auf Stühlen sitzen. Mutti überließ Norbert die Skulptur immer nur für wenige Minuten und ließ ihn auch dabei nicht aus den Augen. Dann nahm sie sie wieder an sich, wischte nur kurz die kindlichen Tränenspuren ab und stellte die Liebesgöttin an ihren Platz zurück.

Foto 4: Die Venus

Wenn ich nach der sechsten Unterrichtsstunde zurück im Haus war, hatten Mutti und die beiden Kleinen häufig schon ihr Mittagessen zu sich genommen und lagen zum Mittagsschlaf in den Betten. Auch meine Mutter legte sich jeden Mittag aufs Sofa zum Schlafen. Ursel hatte meine Essenportion auf dem Herd noch warm gehalten und machte den Abwasch im ausgezogenen Spültisch. Nur sonnabends, sonntags und in den Ferien aßen wir alle gemeinsam am Esszimmertisch. Wenn mein Vater dabei war, unterhielten sich die Eltern sehr angeregt, während wir Kinder nur selten etwas zur Unterhaltung beisteuerten. Häufig gab es stattdessen kleine Streitereien über irgendwelche Nichtigkeiten oder wir meinten, die kleinere Portion erwischt zu haben. Mein Vater konnte in solchen Situationen manchmal furchtbar albern werden. Eigentlich erwarteten wir Mädchen sein energisches Machtwort. Papi verzog sein Gesicht zu einer ernsten Miene, schob sich noch schnell eine Gabel voll Mittagessen in den Mund, guckte dann sehr unwillig von seinem Teller hoch in unsere Richtung und fing herzhaft an zu lachen. Wir hatten unsere Plänkeleien im Nu vergessen und stimmten ein in das große Lachen. Keiner hörte als erster wieder auf, im Gegenteil wir alberten minutenlang während der Mahlzeit bis einer von uns vom Stuhl herunterrutschte.

Norbert wurde immer schon vorher abgefüttert. Dafür war Ursel zuständig, während Mutti noch mit den letzten Abschmeck- oder Anrühr-Arbeiten beschäftigt war. Ursel hob den kleinen Kerl vom Fußboden auf und setzte ihn mit Schwung auf die linke Seite des Küchenbüfetts. Er bekam eine Stoffwindel umgebunden und Ursel schob einen Löffel nach dem anderen in den kleinen Mund. Ich war immer wieder erstaunt, wie viel in so ein kleines Menschenkind hineinpasst. Es blieb auf dem Teller nie etwas liegen. Nach dem Abfüttern legte Ursel meinen Bruder zum Schlafen in das Paidi-Bett.

Als Norbert noch nicht laufen konnte, wurde er eines Tages sehr krank. Zunächst bemerkten wir nichts Besonderes dabei. Es schien eine Erkältung zu sein, denn der Winter war sehr kalt und unsere beiden Zimmer nur spärlich beheizt. Unser Baby lag apathisch in seinem Bettchen, mit hochrotem Kopf und gab ab und an ein trockenes Hüsteln und leises Wimmern von sich. Als das Fieber trotz kühlender Umschläge gar nicht mehr zurückging und nach einigen Tagen konstant bei 41° C stehen blieb, musste der Kinderarzt aus Niendorf kommen. Er kam jeden Tag, weil Norbert an einer schlimmen Lungenentzündung erkrankt war. Da Norbert noch sehr klein war und auch jeden

Brei verweigerte, hatten Mutti und der Doktor große Sorgen, ob mein Bruder die 9 Tage bis zur Krisis überstehen würde. Meine Mutter ließ in diesen Tagen alle anderen Arbeiten im Haus liegen und pflegte und hätschelte das kranke Baby Tag und Nacht. Sie holte ihn zu sich in ihr großes Bett und blieb mit ihm auch tagsüber dort liegen. Wir alle zählten die Tage und Stunden, denn der Doktor sprach immer von der Krisis am neunten Tag nach Ausbruch der Lungenentzündung. Norberts Zustand hatte sich tatsächlich täglich verschlechtert, so dass Mutti sehr viel weinte und sich kaum um uns drei geschwätzigen Mädchen kümmerte.

Während der dreitägigen Krisis schwebte Norbert zwischen Leben und Tod. Dann endlich nach fast 4-wöchigem Kranksein kam wieder Leben in seinen kleinen Körper und das schlimme Fieber war entwichen. Es dauerte noch lange Zeit bis Norbert wieder vollkommen genesen war und er die ersten Krabbelversuche auf dem Teppich unternahm. So eine aufregende Krankheit hat sich unter uns Geschwistern glücklicherweise nicht wiederholt.

Trotz großer Enge in unserem Eltern- und Kinderschlafzimmer befand sich die alte Wickelkommode auch noch unter dem Mobiliar. Sie stand eingekeilt zwischen Papis Bett, Nachtschrank und Waschtisch unterhalb des rechten Fensters und vor meiner kleinen Kakteensammlung. Morgens, mittags und abends hob Mutti Norbert regelmäßig auf die Kommode und bearbeitete ihn mit Waschlappen und Kindergarderobe. Um die Mittagszeit herum überraschte mein kleiner Bruder uns häufig durch ein absolutes Gehör und Gespür, welches Fahrzeug mit welchem Fahrer die Dorfstraße herauf oder herunter fuhr. Er erkannte die tuckernden Landwirtschaftsmaschinen, die alten Traktoren der Landwirte, fremde Autos und mit größter Freude die Ankunft unseres Vaters. Durch die dichte und hohe Hecke hatten wir keinen Durchblick auf die Straße.

Die Hamburger Verwandtschaft

In den Sommermonaten bekamen wir bei gutem Strand- und Badewetter oft Besuch von unseren Hamburger Verwandten. Unser Vater nahm sie in seinem Auto mit nach Häven. Unsere Freude bei Ankunft der Onkel und Tanten hielt sich in höflichen Grenzen. Wir hatten schon bei früheren Besuchen bemerkt, dass Papi und Mutti dann kaum noch Augen und Zeit für uns Kinder hatten. Nur wenn unsere Großmütter eintrafen, war auch bei uns große Freude angesagt. Oma Tine war unsere Lieblingsoma. Sie brachte jedes Mal nützliche Geschenke für alle mit. Von ihr erhielt ich die schönsten Jungmädchenbücher und später die 17 Bände des Brockhauses aus den Jahren 1880/90. Christa und Jutta wurden mit kleinen Textilien überrascht und Norbert freute sich über ein neues Spielzeug. Oma Tine machte sich sofort in der Küche nützlich. Sie war die bessere Köchin und konnte aus relativ einfachen Zutaten köstliche Gerichte und Kuchen backen. Sie half meiner Mutter auch häufig bei der Verwertung unseres geschlachteten Schweins und zur Weihnachtszeit beim Gänsebraten.

Mit Oma Martha konnten wir Kinder nicht allzu viel anfangen. Sie hielt sich mehr an unseren Vater und saß viel im Wohnzimmer zum Lesen und Erzählen. Nachdem ihre Mitarbeit in der Flottbeker Reithalle nicht länger erwünscht war, weil diese von den Engländern beschlagnahmt wurde, lebte sie alleine in einem kleinen Zimmer zur Untermiete. Sie machte sich große Sorgen um ihren Sohn Ernst, der Anfang des Krieges zur Reiter-SS eingezogen worden war. Onkel Ernst war lange Zeit als Angehöriger der Deutschen Besatzungsmacht in Dänemark stationiert. Er kam ab und an auf Heimaturlaub zu seiner Frau Elfriede, genannt Peter, und seinem Sohn Michael, der 1943 geboren wurde. Dann brachte er große Mengen Fleisch- und Wurstwaren für die ganze Familie mit. Auch Pakete schickte er von Dänemark nach Hamburg. Nach der Kapitulation wurde Onkel Ernst verhaftet und nach Russland verschleppt. Oma Martha wartete lange vergeblich auf das erste Lebenszeichen von ihrem Sohn.

Sie fing immer sofort wieder an von Onkel Ernst zu erzählen, wie mutig und tüchtig er doch immer gewesen sei und dass sie nachts nicht schlafen könne, wenn sie an ihn denken musste. Ob er noch lebt? Ich fand diese ewige Unzufriedenheit von Oma Martha, wenn sie bei uns war, furchtbar nervig. Als an einem Wochenende beide Großmütter gleichzeitig bei uns weilten, setzte sich Oma Tine ganz dicht zu Oma Martha und bat sie, ihr ihre Handfläche zu zeigen. Ich durfte zugucken und war mal wieder sehr neugierig, was die beiden Omas im Schilde führten. Oma Tine konnte Handlinien deuten und sie ersah aus der offenen Handfläche, dass Onkel Ernst noch lebe und sicherlich bald aus russischer Kriegsgefangenschaft entlassen würde. Über Oma Marthas Gesicht huschte ein ungewohntes Lächeln und seit dieser Prophezeiung machte sie Pläne, wie sie ihren heimkehrenden Sohn empfangen und verwöhnen könnte.

„Lieselotte, zeig mir doch bitte mal Deine Hand.“, bat mich meine Oma Tine. Sie war todernst dabei und guckte intensiv auf meine Handfläche. „Also, meine Große, Du wirst es einmal besser haben als Deine Mutter hier in Häven. Du wirst einen lieben Mann heiraten, der nicht gerade arm ist und Du wirst auf Deinen geliebten Garten und ein Stück Natur nicht verzichten müssen.“ Meine Oma sollte mit allen Vorhersagen Recht behalten.

Meine beiden Cousins Detlef und Klaus wurden in den Sommerferien freudig begrüßt. Mit den beiden Jungs konnten Christa und ich sehr viel anfangen, ganz besonders, wenn wir zum Strand gingen. Ein Mal durfte Detlef bei uns seine Ferien verbringen und das nächste Mal Klaus. Meine Mutter hatte es offensichtlich abgelehnt, beide Jungs gleichzeitig bei uns zu haben. Sie meinte, dass sie im Umgang mit Jungs nicht das richtige Geschick hätte. Und so genügte ihr immer nur einer zurzeit. Tante Lotti hatte des Öfteren erzählt, dass sie ab und an erzieherische Probleme mit Detlef und Klaus hätte. Es fehlte der Vater im Haus. Mein Onkel Erwin war ja Soldat und kam erst spät aus der Kriegsgefangenschaft zurück.

Von Hühnern und Gänsen

Meine Tanten Hedi und Peter kreuzten auch eines Tages bei uns auf. Tante Hedi war eine frühere Jugendfreundin meines Vaters und seit längerem mit dem Dänen Onkel Pitt verheiratet. Tante Peter war Papis Schwägerin und gab sich immer furchtbar affektiert und wenig kooperativ in unserem ländlichen Tagesrhythmus. Sie ließ sich sehr gern bedienen und störte sich an uns Kindern, weil wir immer überall dabei sein wollten. Allerdings nahmen wir auch die kleinste Gelegenheit wahr, Tante Hedi und Peter zu ärgern. Auch unsere Mutter schien in Anwesenheit von Peter nicht die Glücklichste zu sein. Sie hatte mir einmal mit Tränen in den Augen erzählt, dass mein Vater in Hamburg ein Auge auf sie geworfen habe.

Mit dieser abweisenden Einstellung waren wir nicht alleine. Zu unseren schon genannten Haustieren gehörte jedes Jahr auch eine Anzahl von Gänsen mit einem Ganter. Mutti und ich hatten im Frühjahr per Fahrrad aus einer Brutanstalt in Stockelsdorf angebrütete Hühner- und Gänseeier abgeholt. Die legten wir in der Küche in eine ausgepolsterte Kiste, die von oben mit einer kleinen roten Lampe gewärmt wurde. Es war jedes Mal ein freudiges Ereignis, wenn nach ca. 2 Wochen die ersten Küken schlüpften. Wir hielten sie nacheinander für einige Minuten in unseren Händen und lachten über die drolligen Bewegungen und Trinkversuche. Wenn die Küken der wärmenden Kiste entwachsen waren, kamen sie zunächst in einen kleinen Drahtverschlag, bis sie eines Tages auf den Hof entlassen wurden. Neben dem Klohaus befand sich der eingezäunte Hühnerhof. Das liebe Federvieh lief im Sommer fast den ganzen Tag frei herum. Nur wenn wir bemerkten, dass die Hühner ihre Eier mal wieder außerhalb der Stallungen gelegt hatten und diese selbst mit größter Anstrengung nicht zu finden waren, mussten diejenigen Hühner eingesperrt bleiben, die beim morgendlichen Abtasten ein Ei im Poloch hatten.

Ich wollte also meiner Tante Peter einen tüchtigen Schreck einjagen und sie irgendwie für ihren Besuch bei uns bestrafen. Ich beobachtete sie unentwegt am Frühstückstisch, ob sie endlich mit dem Essen und der angezündeten

Zigarette fertig würde. Endlich wollte sie mit meiner Mutter und uns Kindern zum Strand aufbrechen. Schnell verließ ich das Haus und suchte die Gänse im Hintergarten. Als alle Strandgänger das Haus durch die Küchentür verließen, hörte ich Muttis Stimme: „Lieselott, wo bist Du denn, wir gehen jetzt los!" „Ich komme!", rief ich und hatte die schnatternde Gänseschar im Gefolge. Sofort erkannte unser Ganter die Situation, dass sich eine fremde Person unter uns befand. Gerade wollte er mit lautem Getöse und Flügelschlagen auf Tante Peter losgehen, als meine Mutter mit einer energischen Geste sich schützend vor die Tante stellte und alle Gänse wegscheuchte. Schade eigentlich, dass nicht mehr passiert war, nur dass Tante Peter noch ekliger wurde.

Die Gänse trieben wir ebenfalls gegen Abend in den Hühnerhof, es sei denn, wir erwarteten fremde Leute auf unserem Grundstück. Wenn meine Mutter morgens den Hühnerhof öffnete, wurde sie mit einem lauten Geschnatter begrüßt. Sie sprach ebenfalls irgendwelche belanglosen Worte und sofort watschelten alle Gänse hintereinander über den Hof Richtung Dorfteich. Dann kümmerten wir uns die nächsten Stunden nicht mehr um sie. Wenn die Gänse vom Schwimmen genug hatten und die Fütterung vorüber war, hielten sie sich am liebsten im hinteren Garten auf. Dort befand sich unser Misthaufen.

Es passierte immer wieder, dass einige Kinder aus der Nachbarschaft unsere Gänse ärgerten. Auch Jutta gehörte dazu. Sie wollte dann die Gänse wegjagen oder sie zum Fliegen animieren. Da wir ihnen aber schon frühzeitig die Flügel gestutzt hatten, war das natürlich ziemlich absurd. Alle wohlgemeinten Erklärungen hielten Jutta nicht davon ab, in gewissen Abständen mit den Gänsen Krieg zu spielen. Eines Tages hörte ich ein furchtbares Kindergeschrei auf der Auffahrt. Ich rannte hinaus und sah wie unser Ganter auf Juttas Kopf balancierte und mit seinem Schnabel an ihren Haaren riss. Ich schrie ebenfalls laut und wollte ihn damit von Juttas Kopf vertreiben. Er hackte kräftig weiter bis ich ihn endlich am Hals packen konnte und dann im Kreis herumschleuderte. Er fiel benommen zu Boden und ergriff die Flucht in Richtung seiner weiblichen Gänseschar. Endlich hatte Jutta begriffen, dass auch Gänse empfindliche Lebewesen sind. Wir blieben allerdings die nächste Zeit wachsam, wenn Jutta alleine im Garten war.

Als mein Vater an einem Sonnabend im Sommer wieder einmal mit unseren Tanten anrückte, vergaß meine Mutter, die Gänseschar vorzeitig in den Stall zu sperren. Mutti hatte alle Hände voll zu tun, unsere beiden Zimmer für den Besuch aufzuräumen, Kuchen zu backen und möglichst reichhaltigen Aufschnitt, Käse und Salate vorzubereiten. Häufig übernachteten unsere Gäste auch bei uns, und zwar im Wohnzimmer auf dem Sofa oder auf den beiden zusammengeschobenen Sesseln. Nach dem gemeinsamen Abendbrot fuhren meine Eltern mit ihrem Besuch nach Niendorf, um in Johansens Hotelbar einige Getränke zu bestellen und sich zu unterhalten. Christa und ich hatten schon beizeiten unsere Betten in der Dachkammer aufgesucht und die elternlose Zeit genutzt, um bis tief in den Abend hinein in einem geliehenen Buch des Mecklenburgischen Dichters Fritz Reuter zu lesen. Ich war eine richtige Leseratte geworden und ließ kein Buch unberührt, das meine Mutter von Frau Rüsch ausleihen konnte. Draußen war es fast dunkel als wir die Rückkehr der Niendorfer Ausflügler hörten. Unsere kleinen Fenster lagen zur Straße hin. Irgendwie überfiel mich jedes Mal ein gewisses Unbehagen, wenn meine Eltern und ihre Begleitung singend und lachend vom Stammtisch zurückkamen. Als sie auf unserem Hof eintrafen kreischte Tante Hedi besonders laut und schrie meinen Vater an, er solle sich um die Gänse kümmern. Ich rappelte mich aus dem Bett hoch und ging nach draußen. Da wir vergessen hatten, das liebe Federvieh frühzeitig in den Stall zu bringen, hatten sich alle Tiere zum nächtlichen Schwimmkorso im Teich entschlossen. Auf unsere gemeinsamen „hile hile"-Rufe reagierten sie ausnahmsweise überhaupt nicht. Einer von uns musste also in den Teich steigen um die Gänse zum Landgang zu bewegen. Ich bot mich sofort für diese Aufgabe an, aber Tante Hedi schrie unentwegt: „John, Du bist dran, das kühlt auch Deinen Kopf!" Mein Vater zierte sich ein bisschen, da er keine Badehose zur Hand hatte, zog sich dann aber unter dem lauten Gejohle und Gelächter meiner Tante völlig aus und stieg splitternackt in den Teich. Papi planschte heftig im Wasser und schwamm immer wieder um die Wette mit den Gänsen. Endlich hatten alle Beteiligten keine Lust mehr mit diesem Zirkus und hangelten sich an unserem Steg ins Trockene. Meine Güte, warum waren meine Eltern manchmal bloß so schrecklich albern, wenn wir Besuch aus Hamburg hatten?

Bild 8: Hile Hile

Weihnachten

Auf Weihnachten freuten wir uns immer ganz besonders. Meine Eltern hatten die große Gabe, schon Wochen vor dem Fest sehr geheimnisvoll zu sein. Ich wurde selten nach meinen Wünschen gefragt. Sie hatten schon lange vorher herausgefunden, worüber ich mich freuen würde. Auch auf meine jüngeren Geschwister traf das zu. Die einzige Schwierigkeit schien lediglich darin zu bestehen, dass es nach Kriegsende kaum etwas zu kaufen gab und später nach der Währungsreform das Geld sehr knapp war. Darum lagen auf unseren Gabentischen sehr nützliche Alltagsgeschenke, die meine Mutter für uns genäht hatte oder anfertigen ließ. Einmal freute ich mich über warme Fellhandschuhe aus unseren eigenen Kaninchenfellen, ein anderes Mal zu schönen Schreibheften und einem neuen Buch.

Ende November setzte meine Mutter den Teig für die braunen Kuchen an. Der bestand aus Eiern, Mehl und braunem Sirup. Diesen hatten wir im Herbst nach der Ernte der Zuckerrüben auf Rüschens Feld durch langes Kochen und Auspressen der Rüben eigenhändig gewonnen. Der fertige Teig stand zwei bis drei Wochen in unserer kalten Speisekammer, damit die verschiedenen Gewürze gut durchziehen konnten. Kurz vor Weihnachten machte meine Mutter sich daran, den harten Teigkloß durchzukneten und auf dem Küchentisch möglichst dünn mit einer leeren Weinflasche auszuwalzen. Beim anschließenden Ausstechen und Ausschneiden der Keksformen halfen viele kleine Kinderhände eifrig mit. Nicht ganz so zeitaufwendig war das Anrühren und Ausbacken der weißen Mürbeteigplätzchen. Bevor diese auf dem Blech liegend in den Ofen geschoben wurden, legte Mutti auf jedes einzelne ein kleines Nussstück mit etwas Streuselzucker oben auf. Auch der Christstollen durfte Weihnachten nicht fehlen, obwohl es anfänglich nicht unbedingt nach einem echten Stollen aussah, sondern eher nach einem angereicherten Hefebrot. Es gab ja keine Rosinen und Mandeln zu kaufen. Nur Oma Tine konnte einige Zutaten durch Tauschaktionen besorgen. Oma Tine war zu Weihnachten immer bei uns. Sie übernahm dann sehr viel von der Küchenarbeit und mochte auch gern mit meinen Geschwistern spielen.

Am 24. Dezember nach dem Frühstück durften die beiden Kleinen, Jutta und Norbert, das Wohnzimmer nicht mehr betreten. Jutta hatte allerdings schon Tage vorher einen untrügerischen Riecher zu den versteckten Geschenken gehabt. Sie lagen fast immer eingepackt auf dem hohen Kleiderschrank im Schlafzimmer und Jutta hatte sich heimlich einen Stuhl herangeschoben und wollte ihr Geschenk herausfinden. Ich war weniger neugierig und ließ mich gern zur Bescherung überraschen. Morgens hatte ich noch beim Tannenbaumschmücken mitgeholfen. Das war eine Arbeit, die meine Mutter ungern tat. Auch in späteren Jahren übernahmen wir Kinder und auch mein Vater das Baumschmücken. Wir benutzten immer echte Wachskerzen und es grenzt an ein Wunder, dass trotz enger Wohnverhältnisse und vier lebhaften Kindern nie ein Brand entstand. Allerdings kam der Baum manchmal ins Schaukeln. Das hatte aber weniger mit uns Kindern zu tun als viel mehr mit dem sich raufenden Hund und unserer Katze.

Bis zur Bescherung am späten Nachmittag waren wir Kinder sehr aufgeregt und zappelig. Meine Eltern hatten sich schon gleich nach dem Mittagessen ins Weihnachtszimmer zurückgezogen. Die Kleinen horchten an der Tür und ließen sich durch nichts von Christa und mir ablenken. Endlich ertönte der Messinggong und mein Vater öffnete die Tür. Der Baum erstrahlte im Kerzenschein und wir blieben vor ihm der Größe nach stehen. Wir hatten alle ein Gedicht gelernt und meine Eltern bestanden jedes Jahr auf das Aufsagen. Norbert und Juttas Verse waren sehr kurz, während ich sehr gerne und ausgiebige Gedichte aufsagte. Ich hatte ja in meiner Deutschlehrerin Mrs. Rausch eine Expertin im Erlernen von Gedichten von Theodor Storm, Friedrich Schiller, Christian Morgenstern und vielen mehr. Meine Eltern hatten für jedes Kind einen eigenen Gabentisch bzw. Stuhl aufgebaut und wir schielten während der Rezitation in die jeweilige Richtung. Endlich war auch der letzte Vers zu Ende und wir durften unsere Geschenke in Augenschein nehmen. Das allerwichtigste war jedoch der gefüllte Bunte Teller. Es waren immer die gleichen bedruckten Pappteller, die noch aus der Vorkriegszeit stammten. Wir freuten uns riesig über die braunen und weißen Plätzchen, die in der Dorfumgebung gesammelten Wal- und Haselnüsse und über die kleinen Süßigkeiten, die meine Eltern von irgendwelchen Verwandten ergattert hatten. Mutti hatte eigene Karamellbonbons auf einem Backblech hergestellt und in kleine bunte Papierfetzen eingewickelt.

Auch an selbstgemachtes Marzipan erinnere ich mich. Sofort beäugte ich die vollen Teller meiner Geschwister und musste feststellen, dass jeder die gleiche Anzahl erhalten hatte. Ich ging in den folgenden Tagen sehr sparsam mit diesen Gaben um, während Jutta und Christa in viel kürzerer Zeit alles vernascht hatten und mich anbettelten, ob ich ihnen von meinem Teller etwas abgeben würde.

Während wir Kinder noch mit unseren Geschenken beschäftigt waren und ich schon meine Nase in das neue Buch hineinsteckte, bereiteten Mutti und Oma Tine in der Küche das Abendessen vor. Heiligabend aßen wir immer Karpfen blau mit Sahnemeerrettich oder Apfelmeerrettich, zerlassener Butter und Salzkartoffeln. Die Meerrettichwurzeln grub ich aus dem Gartenboden aus. Dort wuchs es im Sommer mit den großen grünen Blättern als Unkraut. Mutti hatte die Wurzel bereits vor der Frostperiode ausgegraben und unter einer dünnen Erdschicht gelagert. Diese große frische Wurzel musste also auf der Küchenreibe per Hand gerieben werden. Für diese Arbeit rief Oma mich in die Küche. Noch bevor ich es schaffte eine halbe Wurzel aufzureiben, überfiel mich in Windeseile Augenbrennen, Nasenjucken und ein Tränenschwall.

Wenn die Familie endlich am Tisch saß und Oma die dampfenden Karpfenstücke jedem von uns Großen auf den Teller legte, waren die Kerzen am Baum bereits heruntergebrannt und Norbert und Jutta wurden quengelig, weil sie müde waren. Sie hatten ihr kleines Wiener Würstchen sehr schnell verzehrt. Meine Oma ließ sich sehr viel Zeit beim Karpfenessen. Sie stocherte mit ihrem Fischbesteck endlos lange am und im Kopf des Fisches herum, und zwar immer auf der Suche nach dem kleinen Karpfen. Dabei schob sie sich unzählige kleine Stückchen in den Mund und wir warteten darauf, dass sie endlich mit dem Körper anfangen würde. Papis und Muttis Teller waren bereits fast leer gegessen als Oma schwup di wup den Kampf mit dem restlichen Karpfenteil aufnahm. Sie aß alles Weiche einschließlich der Haut mit und ließ nur die sauber abgetrennten Gräten liegen. Die gleiche Prozedur wiederholte sich nach Auflegen der zweiten Karpfenhälften aus dem noch heißen Kochtopf. Nach dem Essen fragte Oma Tine: „John, hast Du bitte noch einen Schnaps für mich, ich glaube ich habe ein bisschen zu viel gegessen."

Es passierte immer das gleiche Unglück. Oma Tine hatte sich übernommen mit der Fischportion. Ihr wurde schlecht, sie wankte noch gerade rechtzeitig auf die Toilette und musste sich sofort aufs Sofa zum Schlafen hinlegen. Mutti schimpfte über die Maßlosigkeit ihrer Mutter, aber in späteren Jahren waren wir schon darauf vorbereitet und lachten über Omas Eßgewohnheiten mit der Fischhaut.

Währungsreform

Als wir am 20. Juni 1948 in Häven von der Währungsreform erfuhren, machte sich unsere Mutter mit dem Fahrrad auf den Weg nach Niendorf, um unsere wenigen Reichsmark-Bestände gegen die neu herausgebrachte DM einzutauschen und pro Familienmitglied 60 DM in Empfang zu nehmen. Um diese Zeit konnten wir bereits einige Grundnahrungsmittel beim Krämer in Niendorf ohne Schwierigkeiten einkaufen. In vielen Dingen blieben wir ja Selbstversorger, wie das eigene Schweine-, Schaf-, Hühner-, Gänse- und Kaninchenfleisch. Im Sommer ernteten wir einiges Gemüse in unserem Garten, sowie reichlich rote und schwarze Johannesbeeren, Stachelbeeren und Himbeeren. Auch zwei Pflaumenbäume mit gelben Früchten und viele Apfelbäume standen in unserem Garten. Mutti kochte in Häven und auch später in Hamburg die beste rote Grütze in der ganzen Nachbarschaft. Eines Tages brachte Mutti vom Einkaufen einige Bananen mit nach Hause. Für mich und meine Geschwister waren das völlig unbekannte Früchte. Christa wagte als Erste eine Banane zu essen. Herzhaft und schnell biss sie hinein und verzog sofort das Gesicht. Mutti nahm diese Banane an sich und demonstrierte uns, wie wir zunächst die gelbe Schale von oben nach unten abziehen sollten. Ähnliche Erfahrungen machten wir Geschwister in den folgenden Monaten mit den ersten Apfelsinen. Auch Schlagsahne für den Kuchen oder Obstkompott kannten wir nicht, obwohl wir doch lange Zeit unsere Milchprodukte direkt aus der Meierei bezogen. Eigentlich schmeckte die nachgemachte Schlagsahne aus dem aufgeschlagenen Mehlkloß und Milch viel besser. Am meisten freuten wir uns über die erste Tafel Cadbury-Schokolade und die kleinen fruchtigen Drops. Wenn die Gäste uns Kindern solche Süßigkeiten mitbrachten, aßen wir die Schokolade wie ein Stück Brot sofort auf.

Ein rauschendes Fest am Palmsonntag

Meine Konfirmation am Palmsonntag 1949 sollte zusammen mit Norberts Taufe gefeiert werden. Ich war schon fast 15 Jahre alt und hatte mich auf dieses Ereignis schon sehr lange gefreut. Alle meine Klassenkameradinnen und auch die Nachbarskinder aus unserem Dorf waren bereits ein und zwei Jahre vorher eingesegnet worden. Das mit der kirchlichen Zeremonie muss für uns Mädchen einen ganz besonderen Lebensabschnitt einläuten - dachte ich mir. Dann würde ich wohl endlich zu den Erwachsenen gehören und meine knabenhaften Körperformen fraulicher werden. An mir war bis zu diesem Zeitpunkt die pubertäre Entwicklung vorbei gegangen. Am unglücklichsten war ich über meine kleinen Brustknospen. Denn selbst die drei Jahre jüngere Christa besaß schon größere.

Eine Woche vor der Konfirmation erwarteten wir Oma Tine, damit sie bei uns für mich das Konfirmationskleid nähen und meiner Mutter beim Backen und bei den Essensvorbereitungen helfen würde. Ich war einige Tage vorher gefragt worden, wie ich mir mein künftiges Konfirmationskleid vorstelle und in welcher Farbe es sein solle. Es sollte zwar festlich aussehen aber wiederum auch hinterher für die Tanzschule geeignet sein. Oma Tine holte aus ihrer Reisetasche einen graublauen Wollstoff heraus. „Im März ist es noch immer recht kühl, wenn ihr in die Kirche geht. Darum bekommst Du ein wollenes Kleid von mir genäht. Dann brauchst Du weder Jacke noch Mantel darüber zu ziehen“, sagte sie. Na ja, der Stoff entsprach absolut nicht meiner Vorstellung und zu allem Überfluss spürte ich bei jeder Anprobe ein unangenehmes Kratzen am Körper. Immerhin ließen sich Mutti und Oma Tine insofern auf meine Wünsche ein, dass das Kleid ein eng anliegendes Oberteil mit großem Halsausschnitt und einen weiten Rock haben sollte. Ich vermute, dass meine Oma einen ähnlichen Zuschnitt auch einkalkuliert hatte. Sie nähte ja laufend solche Kleider für Erwachsene, die in den 40-er Jahren recht dünn waren, allerdings mit kleinem Busen, Hüften und Taillen. Diese fraulichen Attribute fehlten mir als 15-Jährige. Sie existierten nur in meinen Träumen. Bei jeder Anprobe stand ich unglücklicher vor dem großen Spiegel am Schlafzimmerschrank. Das Oberteil hing schlaff an meinen Schultern herunter und der lange magere Hals ragte wie ein dürrer Pfosten aus dem ganzen Kunstwerk heraus. Ich wagte nicht laut zu protestieren; es war ja nichts mehr zu ändern. Nur unter der Bettdecke ließ ich meinen Tränen freien Lauf. Oma Tine bemerkte anscheinend doch meinen Gemütszustand und bastelte mit einigem Geschick zwei kleine Wattepolster unter das Vorderteil und formte die mageren Schulterknochen mit einer unsichtbaren Einlage. Nach dieser Korrektur war ich einigermaßen zufrieden, nahm mir aber im Stillen vor, mein Konfirmationskleid nach einmaligem Gebrauch nie wieder anzurühren.

Norbert war knapp 5 Jahre alt als das große Familienfest stattfand. Mutti hatte ihm aus einem abgelegten Herrenanzug einen kleinen zweiteiligen Anzug nach traditioneller Hamburger Kindermode genäht. Die kleine Jacke war ein Zweireiher mit 6 großen weißen Perlmuttknöpfen und einem weißen runden Kragen. Oma Tine trug das schönste Kleid. Es bestand aus schwarzer Spitze. Sie hatte es anlässlich ihrer Hochzeit mit Onkel Otto getragen und wir sollten sie in dieser Aufmachung bewundern, weil ihre Enkelkinder an ihrer Hochzeit nicht teilnehmen konnten.

Alle waren voller Erwartung und Vorfreude auf Palmsonntag. Es sollte das erste richtige Familienfest nach Kriegsende und den entbehrungsreichen Nachkriegsjahren werden. Die verschollen geglaubten Onkel Ernst und Onkel Erwin waren aus der Kriegsgefangenschaft zurückgekehrt und hatten in ihren Berufen wieder Fuß gefasst. Mit der noch jungen DM konnten wir lange entbehrte Luxusgüter wie echten Bohnenkaffee, Zigaretten, Weine, Sekt und Hochprozentiges in den Niendorfer Geschäften einkaufen. Meine Eltern hatten die gesamte Hamburger Verwandtschaft nach Häven eingeladen. Sie charterten einen Autobus und so trafen an die 12 Personen am Sonnabendnachmittag in Niendorf ein. Dort waren in Johannsens Hotel die Gästezimmer reserviert. Mutti und Papi fuhren noch am Vorabend zur Begrüßung ins Hotel und kamen recht fröhlich und angeheitert zurück.

Herr Pastor hatte uns im Konfirmandenunterricht sehr viel von christlichen Tugenden erzählt und dass die kirchliche Einsegnung kein Alltagsvergnügen sei. Wir sollten diesen Tag mit unseren Eltern ruhig und der Bibel entsprechend würdevoll begehen. Das wollte ich gern beherzigen, konnte aber im Laufe des Tages meine feierwütigen Eltern und Verwandten von dieser kirchlichen Vorgabe nicht überzeugen. Oma Tine und Mutti hatten tagelang für das gemeinsame Mittagessen und anschließendem Kaffee und Kuchen gekocht und gebacken. Damit alle Gäste am ausgezogenen und vergrößerten Esszimmertisch Platz nehmen konnten, wurden die großen Betten unserer Eltern abgebaut und in die Garage verfrachtet. Die beiden Kinderbetten standen in der kalten Veranda. Wir saßen stundenlang am Tisch und aßen, aßen, aßen und tranken. Onkel Ernst hatte spontan den Waschtisch zur Bar umfunktioniert und animierte die Gäste mit lauten und lustigen Sätzen zum Anstoßen auf das schöne Fest. Onkel Pitt legte sich ein Stück Kuchen nach dem anderen auf seinen Teller und zählte jedes Mal laut die darin gebackenen Zutaten und Anzahl der Eier auf: „Annaliese, Ihr habt annähernd 50 Hühnereier verbraucht. Kommen die alle von euren eigenen Hühnern?“ Alle brüllten und lachten durcheinander bis Onkel Pitt kein Stück Kuchen mehr in sich hineinschieben konnte. Die anderen Gäste und wir Kinder waren schon lange satt und hatten ein bisschen an der frischen Luft auf dem Hof gespielt. Außer Essen und Trinken wurde auch sehr viel geraucht und ich bekam mal wieder das Jucken in den Augen und in der Nase und musste viel niesen.

Foto 5: Konfirmation

Dann hörten wir Musik. Onkel Pitt saß am Klavier und fing an, schmissige Tanzlieder wie Walzer und Polka zu intonieren. Im Nu waren Tische und Stühle beiseite geschoben und jeder tanzte mit jedem. Es war Karnevalszeit und Pitt war nicht länger zu bremsen und schmetterte die schönsten Karnevalsschlager in die Tastatur. „Ist meine Frau nicht fabelhaft, fabelhaft, nie geht sie abends aus …“ und Annaliese war in ihrem Element und seit langer Zeit wieder unbeschwert und hinreißend jung und fröhlich. Die Gesellschaft in unserem Haus wurde immer lauter und niemand hatte Zeit, sich um den Täufling Norbert und die anderen Kinder zu kümmern. Sie wurden irgendwann auf irgendwelche Matratzenlager hingelegt, während wir Großen mitfeiern sollten. Hatte Herr Pastor uns nicht eingebläut, dass die kirchliche Einsegnung eine ernste und besinnliche Zeremonie ist? Mir gefiel jedenfalls die ausufernde Fröhlichkeit meiner Eltern in den Abend hinein überhaupt nicht. Ich fragte Mutti ein paar Male, wie lange die Feier denn noch gehen würde. Sie lachte mich aus und meinte: „Na schön, ab heute Abend um 20 Uhr ist die Konfirmation beendet. Anschließend feiern wir Norberts Taufe.“ „Wir machen durch bis morgen früh und singen bums fallara, bums fallara...“ Onkel Ernst als Barkeeper sorgte für ständigen Alkoholnachschub als plötzlich Oma Tine weiche Knie bekam und ganz langsam in sich zusammensackte und wie tot auf dem Fußboden liegen blieb. Unter den Klängen eines Trauermarsches packten Papi und Onkel Erwin die Bewusstlose und schleppten sie ins angrenzende Wohnzimmer und mit Schwung auf das Sofa. Mutti stellte noch einen Spuckeimer davor, Tür zu, und weiter ging die Party.

Ich hatte mich irgendwann todmüde und mit einem gewissen Unbehagen im Bauch in die Dachkammer zum Schlafen zurückgezogen. Onkel Pitts Gehämmer auf dem Klavier und die lauten Stimmen drangen noch lange zu uns hinauf.

Bild 9: Klappbild Konfirmation

Als Christa und ich am nächsten Morgen nach unten kamen, sahen unsere Stube und die Küche chaotisch aus. Mutti und Papi hatten auf dem Fußboden geschlafen. Sie und Oma Tine versuchten ein bisschen Ordnung zu machen und gleichzeitig den Frühstückstisch mit den Resten von Salaten und Kuchen herzurichten. Bis auf Oma Tine hatten alle angereisten Gäste in Johannsens Hotel übernachtet und wollten nach dem gemeinsamen Frühstück bei uns nach Hamburg zurückfahren. Vorher mussten aber noch die ausgeräumten Betten und Möbel wieder zurückgestellt werden. Alle waren wider Erwarten bei sehr guter Laune und zögerten die Heimreise durch ausgiebiges Essen und Hin- und Herschieben der Möbel hinaus. Plötzlich standen Herr und Frau Rüsch in der Tür. Sie wollten mir auch zur Konfirmation gratulieren und schenkten mir einen handgeschnitzten Schmuckkasten aus Holz mit einer eingelassenen Rose auf dem Deckel. Darauf stand: „Schmuckkästchen zur Erinnerung an Deine Konfirmation. Friedrich u. Maria Rüsch, Haeven, d. 10.4.49." Onkel Pitt klappte den Deckel vom Klavier hoch und spielte zum wiederholten Mal die schönsten Karnevalslieder und schmetterte „Ist meine Frau nicht fabelhaft, fabelhaft ..." usw. So ein ausgiebiges Fest war in Häven viele Jahre nicht mehr gefeiert worden.

Erntedank

Im darauf folgenden Herbst durfte ich mich endlich zur Tanzschule in Timmendorf anmelden. Wir hopsten zur Klavierbegleitung im so genannten Ballsaal, der ziemlich dunkel und unfreundlich war. Außer Walzer und Tango übten wir in erster Linie Gesellschaftstänze wie Quadrille und einige Volkstänze, bei denen mehrere Paare miteinander tanzen. Der Tanzlehrer legte auch großen Wert auf höfliches Benehmen und gute Haltung beim Tanzen. Die anwesenden Jungs waren mir eigentlich ziemlich gleichgültig. Hauptsache sie verstanden mich gut zu drehen, ohne das laufend auf meine großen Füße getreten wurde. Zu allem Überfluss errötete ich auch noch bei jeder Gelegenheit. Insgesamt waren diese ersten Tanzstunden eine große Enttäuschung für mich. Meine Klassenkameradinnen erzählten sehr begeistert von ihren ersten Freundschaften aus der Tanzschule.

Eines Tages erhielten Christa und ich von Familie Rüsch eine Einladung zum Polterabend ihres Sohnes Hermann anlässlich seiner Vermählung mit einer Landwirtstochter aus Timmendorf. Hermann Rüsch war Friedrichs einziger Sohn und relativ spät aus der Kriegsgefangenschaft heimgekehrt. Er war wie sein Vater ein großer schlanker und gut aussehender junger Mann. Obwohl er sich nur selten bei uns und den anderen Dorfbewohnern sehen ließ, fand ich ihn sehr sympathisch. Er war ein guter Reiter und wir sahen ihn häufig auf seinem Reitpferd die Felder und Wiesen seines Vaters in Augenschein nehmen. Das war schon ein seltener Anblick, dass ein junger hübscher Mann ein Reitpferd besaß und mit diesem gut umgehen konnte. Bis dahin kannten wir nur die schweren Arbeitspferde von Bauer Rüsch und natürlich das Kutschpferd vor dem Landauer. Ich wollte ja unbedingt das Reiten erlernen und so schwärmte ich im Stillen von Hermann Rüsch und seinem schönen Pferd.

29. September 1950 (Tagebucheintragung):

„Heute ist Hochzeit bei Rüsch. Der Sohn Hermann heiratet eine reiche und nette Bauerntochter aus Großtimmendorf, Fräulein Finck. Gestern Abend war Polterabend und gleichzeitig Erntedankfest. Da Christa und ich in den großen Ferien bei der Ernte geholfen haben, waren wir eingeladen worden zusammen mit der ganzen Innung von Rüschens Arbeitern. Treffpunkt im Gasthaus zu Großtimmendorf zusammen mit den Arbeitern von Fincks. Meine Vorfreude war schon sehr groß, aber dass es so schön wird, hatte außer mir wohl niemand geahnt. Um 6 Uhr hatte der Autobus uns alle von hier abgeholt zusammen mit Herrn und Frau Rüsch, Herrn und Frau Wulf und Peter, deren Sohn. Hermann war schon vorgefahren. In dem großen Tanzraum empfing uns eine festliche in Hufeisenformat gedeckte Tafel. Drei Musiker sorgten für richtige Musik, wie es sich für ein Erntefest gehört. Jeder hatte eine entzückende Tischkarte und einen Tischnachbarn. Außerdem waren wir so gesetzt worden, dass alle Gäste von Fincks und Rüsch zusammen gewürfelt waren. Dadurch kamen wir mit den fremden Leuten sehr schnell ins Gespräch. Während des ausgiebigen Essens wurden am laufenden Band Gedichte vorgetragen, die oft recht saftig waren. Sie galten alle dem jungen Brautpaar, das am Kopf der langen Tafel saß. Um 7 Uhr waren wir fertig mit dem Essen und nun sollte das Schönste kommen - Tanz. Ich hatte in der Tanzstunde bisher nur Walzer gelernt. Zuerst war es recht eintönig, denn abwechselnd wurden Christa und ich nur von Günter aufgefordert. Dann machte Peter Wulf den Anfang."

Vergessen waren die steifen Formen und Schritte aus der Tanzschule und das blöde Auffordern der kichernden Jungs. Jetzt tanzten wir mit jedem, der einigermaßen hopsen konnte und ich hatte eine unglaubliche Tanzlust und Freude in mir. Dieses schöne Gefühl steigerte sich im Laufe des Abends als Hermann Rüsch mich ein paar Mal zum Tanzen aufforderte und fragte, ob es uns hier gefällt. Du liebe Güte, war ich aufgeregt! Nach dem Polterabend und der Hochzeit kam Herr Rüsch jun. nur noch selten nach Häven. Er lebte seitdem auf dem Hof seiner jungen Frau in Timmendorf.

5. September 1950 (Tagebucheintragung):

„Heute ist der vierte Tag, den Christa und ich als Schwerarbeiter auf dem Feld verbrachten. Die Kartoffelernte hat begonnen und weil zu wenige Arbeitskräfte zur Verfügung stehen, sind wir zunächst freudig eingesprungen. Unsere Arbeitslust ist uns allerdings schon nach einigen Stunden auf dem Feld vergangen. Ist das eine harte und schwere Arbeit: „das Kartoffelsammeln“. Der Tag hat zehn Arbeitsstunden und abends kommen wir heim wie Schiffbrüchige mit krummen und schmerzenden Gliedern, das Gesicht und die Hände rot geschwollen. Manches Mal ist es aber auch unmenschlich, was von den Frauen verlangt wird. Vor uns treibt der Kutscher die drei Pferde zur schnellen Gangart an, damit der pflugähnliche Roder die Kartoffelstauden reihenweise aus der Erde herausgräbt. Fünf bis zehn Frauen und Jugendliche sammeln die freiliegenden Feldfrüchte per Hand in die Jutesäcke. Es ist Eile geboten, da das gute Herbstwetter schnell umschlagen kann. Ein paar mal wollten Christa und ich alles hinschmeißen und einfach nur nach Hause laufen. Aber uns treibt die Aussicht auf ein kleines Taschengeld und einen Zentner Einlagerungskartoffeln immer wieder an.“

Zukunftsgedanken

5. September 195o (Tagebucheintragung):

„Mutti und Papi reden immer häufiger über unsere Rückkehr nach Hamburg. Mich überfällt jedes Mal eine große Traurigkeit bei dem Gedanken, dass unsere Tage in Häven gezählt sind. Mein letztes Schuljahr in Travemünde hat angefangen und unsere Lehrer drängen uns immer häufiger zur Berufswahl oder weiterführenden Schulen. Ich bin völlig entschlussunfähig hinsichtlich meiner Zukunft. Ich habe nur den einen Wunsch: Auf keinen Fall ein Stadtmensch zu werden! Und wenn ich schon irgendetwas erlernen muss, dann soll es ein künstlerischer Beruf sein, entweder Malerin oder allenthalben noch technische Zeichnerin. Oder wie wäre es mit einer Goldschmiedin? Am allerliebsten würde ich Bäuerin werden, dann könnte ich in Häven oder Warnsdorf verbleiben. Meine Mutter meinte zu diesem Wunsch: „Aber Lieselott, dafür müsstest Du einen Landwirt heiraten, und in dieser Hinsicht bist Du völlig ungeeignet. Nächste Woche fährst Du mit Papi nach Hamburg. Ihr könntet Euch gemeinsam an der Hamburger Kunsthochschule nach einer künstlerischen Ausbildung erkundigen."

Da es 1950 relativ wenig anerkannte Fachrichtungen am Lerchenfeld gab, kam für meinen Vater und mich nur die Ausbildung zur Goldschmiedin infrage. Alle übrigen Studienzweige wie Malerei und Bildhauerei galten als brotlose Künste und Papi meinte immer wieder, seine Kinder sollten später einmal auf soliden eigenen Beinen stehen können. Unser Besuch im Aufnahmebüro am Lerchenfeld war nach kurzer Zeit beendet, als der freundliche Herr erwähnte, dass meine Eltern außer der normalen Studiengebühr pro Semester ebenfalls die zu verwendenden Materialien wie Gold und Silber und das entsprechende Handwerkszeug aus eigener Tasche aufbringen müssten. Für Christa und Jutta, die demnächst auch aufs Gymnasium wechseln würde, musste ja schon Schulgeld bezahlt werden.

Was nun, liebe Lieselott! Onkel Ernst war Getreidekaufmann und hatte sofort nach Rückkehr aus der Kriegsgefangenschaft alte und neue Kontakte zu branchenähnlichen Firmen aufgenommen. Er erkundigte sich also bei einem Direktor der Deutschen Maizena Werke, ob seine Nichte in dieser Firma eine kaufmännische Ausbildung machen könne. Wieder einmal durfte ich mit nach Hamburg fahren, um mich am Berliner Tor in der Personalabteilung vorzustellen und meine schriftliche Bewerbung gleich da zu lassen. Als meine Klassenkameradinnen und meine Lehrerin von meinem Lehrlingsvertrag bei den Maizena Werken erfuhren, haben sie mir gratuliert und sich sichtlich gefreut. Den Wenigsten war es bislang gelungen, in Travemünde oder Lübeck eine geeignete Lehrstelle zu finden. Meine beste Freundin Renate und zwei andere Schülerinnen wollten Krankenschwestern werden und wieder einige gingen zunächst als Kindermädchen nach Schweden. Dazu hätte ich auch Lust gehabt. Allerdings nicht so sehr wegen der Kinderbetreuung, die hatte ich mit meinen jüngeren Geschwistern lange genug trainiert, sondern eher wegen der Aussicht auf eine größere Reise. Ich träumte schon seit einiger Zeit davon, fremde Länder und deren Menschen und Sprache kennen zu lernen. Onkel Ernst erzählte häufig sehr interessante Geschichten von seinen Reisen nach Nord- und Südamerika.

Abgesehen von den ständigen Diskussionen um unsere Zukunft nach der Schulentlassung, war es im letzten Schuljahr viel interessanter und abwechslungsreicher als die Jahre davor. Das Lehrerkollegium war um einige jüngere Lehrer aufgefrischt worden. Dazu gehörte Herr Heßler, der neue Mathematiklehrer. Außer mir schwärmte eine ganze Reihe anderer Schülerinnen von ihm und plötzlich hatte ich Spaß am Mathe-Unterricht und schrieb sogar gute Klassenarbeiten. Nur unsere Klassenlehrerin Mrs. Rausch blieb uns die gesamte Schulzeit treu und das waren immerhin alle sechs Jahre. Ich hatte meine jahrelange Angst vor ihr und meine große Schüchternheit inzwischen abgelegt und konnte mich jetzt viel besser auf die Anforderungen konzentrieren. Wir erhielten auch einige neu gedruckte Schulbücher und es gab wieder Schreib- und Malutensilien zu kaufen. Wir machten unsere erste und einzige Klassenreise nach Ratzeburg und besuchten mehrere Theater- und Operettenstücke in Lübeck. Etwas Kopfschmerzen verursachten allerdings die

Recherchen und Vorbereitungen für die geforderte Jahresarbeit und die vielen Prüfungsarbeiten.

Im Sommer 1950 überraschte Herr Rüsch uns mit der Nachricht, dass er mit seiner finanziellen Unterstützung eine Möglichkeit gefunden hätte, Familie Denzer und Ponats zum Auszug aus der Villa Wydole zu bewegen. Unsere Familie konnte also kurz darauf alle Räumlichkeiten im Haus wieder beziehen. Christa und ich zogen aus der Dachkammer zurück in ein größeres Kinderzimmer und die inliegende Diele wurde als Esszimmer und Durchgang zur Veranda benutzt. Herr Smalun war bereits vorher ausgezogen. Sein Zimmer wurde nun wieder von unserem Hausmädchen bewohnt. Herr Rüsch handelte nicht ganz uneigennützig mit dem Freikauf der ehemaligen Flüchtlinge. Er spekulierte damit, dass sich meine Eltern zum längeren Verbleib in Häven entscheiden würden, da wir uns alle sehr mit Herrn und Frau Rüsch angefreundet hatten. Mutti startete einen großen Hausputz in allen Erdgeschosszimmern und bestellte den Maler und Tapezierer für die über viele Jahre stark verwohnten Schlaf- und Wohnräume. Beim Entfernen der alten Tapeten von den Wänden stieß der Maler auf mehrere überklebte Bahnen, die Unterste war vor mehr als 30 Jahren angebracht worden.

Mein Vater war schon seit längerer Zeit in Hamburg auf der Suche nach einer geeigneten Wohnung für uns. Da wir mindestens 4 bis 5 Zimmer zum Wohnen und ein vernünftiges Badezimmer gebrauchten, und uns einen kleinen Garten oder einen Balkon wünschten, verliefen sämtliche Bemühungen im Sande. In der Stadt war das große Aufräumen und Beseitigen der Kriegsschäden in vollem Gange und in der Richterstraße und auf der Uhlenhorst entstanden neue Wohnhäuser mit maximal zwei bis drei Zimmern in zweckmäßiger Ausstattung. In so eine enge Wohnung wollten wir auf keinen Fall einziehen. Irgendwann wurde Papi in seinen intensiven Bemühungen bei der Wohnraumsuche für die sechsköpfige Familie im Stadtgebiet von Hamburg nachlässiger. Lieselott sollte nun erst einmal ihren Realschulabschluss in Travemünde machen. Einen nochmaligen Schulwechsel wollten mir meine Eltern nicht zumuten. Spätestens, wenn Norbert 1951 eingeschult würde, hofften wir nach Hamburg zurückkehren zu können.

Endgültige Rückkehr nach Hamburg

Oma Martha lebte seit den zwanziger Jahren immer in Hamburg Groß Flottbek und war auch nach ihrer Reithallen-Zeit mit der Familie Hans Meyer freundschaftlich verbunden. Aufgrund der Wehrmachtszugehörigkeit von Herrn Meyer war dieser erst spät aus der Kriegsgefangenschaft entlassen worden. Seine Reithalle und die bäuerlichen Häuser nebst Grundstücken und Gärten waren beschlagnahmt. Frau Meyer mit ihren beiden Söhnen baute sich mit Hilfe einiger Freunde eine kleine Dachgeschosswohnung im ehemaligen Familien-Bauernhaus aus und hatte in den Nachkriegsjahren große Existenzsorgen. Als Herr Meyer endlich Ende der 40-er Jahre zu seiner Familie heimkehrte, erhielten sie auch ihre Grundstücke und Ländereien wieder zurück. Neben dem alten Bauernhaus befand sich die kleine Fachwerk-Arbeiter-Kate. Diese wurde zum zukünftigen Wohnhaus der Familie Meyer umgebaut und modernisiert, so dass der Umzug Anfang 1951 erfolgen konnte. Um diese Zeit zogen ebenfalls die Mieter der Erdgeschosswohnung aus. Oma Martha fragte bei Herrn Meyer an, ob ihr Sohn John mit seiner Familie in die frei werdende große Wohnung einziehen könne. Er sagte „ja“, musste allerdings einräumen, dass wir mit ländlichem Wohnkomfort vorlieb nehmen müssten. Das Bauernhaus mit integriertem Stall war 1889 erbaut worden. Es verfügte zwar über sechs große Wohnräume, einschließlich einer Diele, aber es wurde immer noch mit Kachelöfen und einem Kohleherd beheizt und besaß nur im provisorischen Baderaum einen Heißwasserboiler. Es gehörte ein kleiner Garten dazu und im hinteren Teil des Hauses befand sich der Pferdestall mit Reitpferden.

Als Papi uns diese Neuigkeit in Häven überbrachte, brach bei uns allen große Freude und Jubel aus. Nun würden wir in ein richtiges Bauernhaus einziehen und wir Kinder sollten unser eigenes Zimmer bekommen. Selbstverständlich verfügte unsere neue Wohnung auch über eine Spültoilette und über Abwasch- und Waschbeckenausgüsse. Wir brauchten nicht länger über den Hof zu gehen. Schade nur, dass wir die Ostsee und den Strand nicht mitnehmen konnten nach Hamburg!!

An einem Wochentag im März 1951 parkte ein großer Lastwagen mit Persenning auf der Straße in Häven vor der Villa Wydole. Der Umzug der Familie Kaatze von dem kleinen Dorf in die Großstadt Hamburg konnte beginnen. Es dauerte viele Stunden bis die Möbelpacker, meine Eltern und wir Kinder unsere Habseligkeiten in dem großen Auto verstaut hatten. Meine Mutter hatte bereits Tage vorher etliche Gebrauchsgegenstände aus dem Haus und den Stallungen entsorgt und verschenkt. Dazu gehörten das Spinnrad, der Bollerwagen, die Rübenpresse, der Waschzuber, die vielen Emailleeimer und allerhand Gartengeräte. Im „Klar Schiff machen“ war Mutti immer Meisterin gewesen. Der Lastwagen füllte sich immer mehr und die Helfer hatten große Probleme auch die letzten Kisten und Möbelstücke zu verfrachten. Endlich waren auch die zuletzt aus dem Haus herangeschleppten Gegenstände eingeladen, als nur noch die zwei großen Matratzen aus dem Elternschlafzimmer an der Gartenpforte lehnten. Mutti war in der letzten Stunde damit beschäftigt, unsere leergeräumte Wohnung mit Besen und Schrubber zu reinigen, als der Fahrer des Wagens fragte: „So, Frau Kaatze, wir sind so weit fertig zur Abfahrt. Jetzt müssen wir nur noch die beiden Matratzen und die Kinder verladen. Sie und die beiden Kleinen können vorne in der Fahrerkabine sitzen. Sie müssen sich nun entscheiden, entweder die Schlafmatratzen oder die beiden großen Kinder zu oberst im Lastwagen.“ Mutti zögerte keinen Augenblick mit der Antwort: „Die Matratzen kommen auf alle Fälle mit!“ Also schob der Mann die schweren Matratzen mit großer Kraftanstrengung auf den hohen Möbelberg und zog anschließend die Persenning darüber. Christa und ich standen sprachlos daneben und sahen zu, wie Mutti, Jutta und Norbert damit beschäftigt waren, die Plätze neben dem Fahrer einzunehmen. Viele Dorfbewohner hatten sich auf der Straße versammelt, um uns „Auf Wiedersehen!“ zu sagen. Herr Wede, Frau Denzer und Ehepaar Rüsch schüttelten uns immer wieder die Hände. Nun musste irgendetwas mit Christa und mir passieren. Wir wollten doch nicht zurückbleiben. Ich machte den Anfang und kletterte über das hintere Pritschenteil des Wagens und dann vorsichtig mich an den Möbeln hochziehend auf die oben liegenden Matratzen. Christa folgte mir und so klemmten wir uns im Liegen zwischen die Persenning und die Betten. Es war denkbar eng und unbequem, aber wir waren glücklich, mit nach Hamburg fahren zu können.

Foto 6: Scherenschnitt

Als wir in das alte Bauernhaus im Röbbek einzogen, gab es noch kein richtiges Badezimmer. Dafür hatten aber mehrere Zimmer, die wir Kinder bewohnten, ein kleines Waschbecken mit Kaltwasserzulauf. In eines dieser Zimmer installierten meine Eltern gleich nach unserem Einzug eine schwere gusseiserne Badewanne und einen beheizbaren Warmwasserofen. Die einzige Toilette befand sich auf der anderen Seite der innen liegenden Eß- und Wohndiele. Die vielen Wasserhähne mit kaltem Wasser in unserer Wohnung machten uns Kindern unheimliche Lust und Freude aufs Waschen und Laufen lassen des Wasserstrahls. Wir drückten den Abflussstöpsel immer wieder in das Loch, um dann nach dem Vollaufen des Beckens den kleinen Wasserstrudel beim Ablaufen und das zischende Geräusch zu beobachten. Warum drehte sich der Strudel immer in gleicher Kreisbewegung? Norbert begann schon sehr bald kleine Holzschiffchen zu schnitzen und beobachtete deren Schwimmfähigkeit im Waschbecken. Da meine Eltern erst viele Jahre später eine Waschmaschine anschaffen konnten, wusch und spülte meine Mutter einmal in der Woche die großen Wäscheberge in der Badewanne. Die Kochwäsche wurde vorher im großen Einmachkochtopf auf dem Elektroherd in der Küche erhitzt und anschließend in das Badezimmer geschleppt.

Teil II

Die 50-er und 60-er Jahre

Lehrjahre

Ich war am Morgen des 2. April 1951 schon lange vor dem Aufstehen meiner Mutter aufgewacht und versuchte mich krampfhaft an ehemalige Rechenaufgaben und Schreibweisen aus der Schulzeit zu erinnern. Ich sollte ja heute meine Lehre bei den Deutschen Maizena Werken beginnen. Ich war ziemlich aufgeregt an diesem Morgen und hatte meinen Vater die letzten Tage schon mehrfach ausgefragt, was ich wohl zuerst im Büro lernen würde. Ich zog meinen besten selbstgenähten Rock und die weiße Hemdbluse an, dazu die handgestrickten Kniestrümpfe und flotte bequeme Laufschuhe. Das gemeinsame Frühstück mit meinen Eltern konnte ich an diesem Morgen nicht so recht genießen und so war ich froh, als Papi endlich das Auto startklar machte. Meine Geschwister standen immer erst auf, wenn wir schon aus dem Hause waren. Sie hatten ja einen viel kürzeren Schulweg und außerdem konnten wir auch nur nach einem strengen Reglement nacheinander die Morgentoilette erledigen.

Nach der Begrüßung der 12 neuen Lehrlinge von einigen Direktoren der Maizena Werke fand ich mich im 6. Stockwerk in einem Großraumbüro mit vielen Schreibtischen und Telefonen in der Verkaufsabteilung wieder. In der hinteren nur mit Lampen erhellten Ecke standen endlose Regale gefüllt mit Leitz-Ordnern. Das war die Registratur für diese Abteilung. Auf einem großen Tisch lagen viele Papierstapel von Briefkopien. Diese sollten nach Alphabet sortiert werden und anschließend in die entsprechenden Ordner geheftet werden. Der zuständige Sachbearbeiter reichte mir die große Mappe mit den 25 alphabetischen Fächern und bat mich, die herumliegenden Briefkopien alphabetisch in diese Mappe einzusortieren. Ich machte mich an die Arbeit. O Gott, auf den Briefköpfen standen sehr viele Namen und Adressen. Nicht nur Deutsche sondern auch Englische. Welcher Name ist nun für mich der Richtige? Ich schwitzte Blut und Wasser und niemand schien sich für mich und meine Aufgabe zu interessieren. Also beschloss ich, den ersten Buchstaben vom ersten größeren Namen zu wählen und schwupp schon war die Kopie im Fach. Ich arbeitete sehr konzentriert und bemühte mich, die

Gespräche an den vielen Schreibtischen und das ständige Telefongeklingel zu ignorieren. Gegen Mittag sagte ein Herr: „Fräulein Kaatze, Sie können jetzt eine Pause einlegen. Im 8. Stock unseres Hauses befindet sich die Kantine. Dort können alle Angestellten und Lehrlinge ein Mittagessen zu sich nehmen." Ich sprang auf und ging die zwei Stockwerke nach oben. Das Bürohaus hatte mehrere Fahrstühle. In den ersten Wochen hatte ich Angst, einen Fahrstuhl zu benutzen. Außerdem musste man ziemlich lange warten, bis er endlich am gewünschten Stockwerk anhielt. Ich sollte mehrmals am Tag irgendwelche Umlaufmappen und Schriftsätze zu einer anderen Abteilung auf einem anderen Stockwerk bringen. Damit rannte ich die vielen Treppen im Eiltempo hoch und runter, um mindestens so schnell wie der Fahrstuhl zu sein. Eines Tages hielt mich im Erdgeschoss der nette Pförtner auf und sagte: „Sie sind doch Angestellte in diesem Haus. Also dürfen Sie auch die Fahrstühle benutzen. Wir fahren jetzt einmal gemeinsam nach oben."

Ich hatte mich schon einige Tage sehr intensiv mit dem Vorsortieren der Ablageberge beschäftigt und dabei auch immer wieder einige Briefe neugierig durchgelesen, als der Sachbearbeiter meine volle Fächermappe an sich nahm. Irgendwie guckte er mich so erschrocken an und meinte dann lakonisch: „So, Fräulein Kaatze, nun werden wir gemeinsam alle Papiere noch einmal sortieren und zwar nach dem ersten Buchstaben des jeweiligen Nachnamens bzw. des Firmennamens."

Das Schlimmste, was man mir in den ersten Wochen als Lehrling zumuten konnte, war das Telefonieren. Wenn ein Sachbearbeiter für kurze Zeit seinen Schreibtisch nebst Telefon verließ, bat er mich, während seiner Abwesenheit eventuelle Telefonanrufe anzunehmen und ihm eine kurze Notiz über das Gespräch zu machen. Es klingelte einmal, zweimal, dreimal, die Köpfe hinter den anderen Schreibtischen drehten sich zu mir um. Ich schwitzte, meine rechte Hand war wie gelähmt, ich nahm den Hörer ans Ohr, machte einen kleinen Knicks und stammelte in die Muschel: „Hier spricht Lieselotte Kaatze aus der Verkaufsabteilung der Deutschen Maizena Werke. Herr M. ist gerade rausgegangen. Er ruft wieder zurück." Mein Mund war furchtbar trocken, was hatte die Stimme in der Leitung eigentlich gesagt?

Ich fuhr sehr gerne jeden Morgen mit der S-Bahn von Groß Flottbek zum Berliner Tor. Man begrüßte häufig bekannte Gesichter und traf andere Lehrlinge und Angestellte der Maizena Werke. Je mehr die Bahn sich der Innenstadt näherte, desto trister erschienen mir die vom Rauch geschwärzten Hausruinen mit ihren Fensterhöhlen. Die Trümmerberge waren größtenteils beseitigt und einige Geschäfte und Wohnungen in den unteren Etagen der zerstörten Häuser provisorisch wieder eingerichtet. Der S-Bahnhof Berliner Tor bot Anfang der 50-er Jahre nur wenig Schutz bei schlechtem und kaltem Wetter. Wir hasteten die wenigen Betonstufen zur Straße herunter, überquerten die Spaldingstraße und erreichten in 5 Minuten das Maizena Haus. Es hatte fast unbeschadet mit seinen 8 Stockwerken die Bombenangriffe überstanden. Das war in dieser Umgebung die große Ausnahme. Nur das Nebenhaus am Heidenkampsweg war ebenfalls stehen geblieben. Zwischen diesen beiden Häusern befand sich ein Kanal.

Wenn ich am späten Nachmittag aus der Firma kommend über die Große Allee (später Adenauer Allee) Richtung Hauptbahnhof zum Kursus ging, kaufte ich mir einen Berliner oder eine Schnecke im nahe gelegenen Bäckerladen. Erst rund um den Hauptbahnhof und am Dammtor befanden sich einige Einkaufsmöglichkeiten in Erdgeschosslage. Die darüber befindlichen Stockwerke wurden erst nach meiner Lehrzeit wieder aufgebaut bzw. völlig neue und moderne Geschäfts- und Wohnhäuser errichtet. Einen großen Teil des Hamburger Bombenschuttes kippte man lange Zeit in die Außenalster, und zwar hinter der alten Lombardsbrücke. Ich verfolgte diese regen LKW-Abladungen jeden Morgen aus dem S-Bahnfenster heraus und hatte den Eindruck, dass unsere schöne Alster völlig zugeschüttet würde. Eines Tages veränderte sich die gesamte Müllhalde und wir erkannten die Grundrisse einer neuen Brückenkonstruktion. Die „Neue Lombardsbrücke" spätere „Kennedy Brücke" war entstanden.

Ich empfand jeden Tag ein neues Glücksgefühl, wenn ich nach einem langen Arbeitstag und anschließenden Kursusbesuchen am Groß Flottbeker Bahnhof aus der S-Bahn ausstieg, durch die Großflottbeker Straße mit den hübschen Villen und Gärten bis zur Flottbeker Kirche und dann linker Hand auf der Baron-Vogt-Straße bis zu unserem Haus am Röbbek ging. Hier gab es noch Felder und Wiesen und in der Nachbarschaft die Flottbeker Reithalle. Die ganze Gegend wurde bis in die 60-er Jahre von vier Höfen und deren Familien bewirtschaftet: Lüdemann, Voss, Meyer und Grewe. Außerdem hatten wir ja auch einen kleinen Garten. Der war für Hävener Verhältnisse sehr klein, wurde aber von meinen Eltern und uns Kindern in den Sommermonaten als zusätzlicher Wohnraum benutzt. Unser gemietetes Bauernhaus bestand aus einem Wohnteil und dem nur durch eine große Holztür abgetrennten Pferdestall. Trotz idyllischer bäuerlicher Atmosphäre nervten uns viele Jahre je nach Windrichtung der penetrante Stallgeruch und die wöchentliche Mistabfuhr. Außer diesen hausinternen Gerüchen wurde die gesamte Nachbarschaft ab und an von den Fabrikabgasen der Margarinefabrik in Bahrenfeld heimgesucht.

Jeden Sonnabend nach Schulschluss meiner Geschwister trafen mein Vater und ich aus der Stadt kommend uns zum gemeinsamen Mittagessen auf der Diele ein. Ein freies Wochenende konnte beginnen und meine Eltern hörten sich unsere Wünsche und Vorschläge an, in welche Richtung wir alle zusammen am Nachmittag fahren oder gehen wollten. Selten zog es uns Kinder in die Innenstadt. Nur meine Mutter wollte gerne an der Außenalster spazieren gehen. Sie wurde aber meistens überstimmt mit unserem Vorschlag, lieber Richtung Teufelsbrück an die Elbe zu gehen. Ich fand die Elbe und die ein- und auslaufenden Schiffe ja auch ganz interessant. Aber gegen die Ostsee hatte die Elbe in meiner Beliebtheitsskala keine Chance. Und überhaupt: was sind die kleinen Strände in Blankenese und Wittenberge schon gegen die weiten Strände an der Lübecker Bucht? Ich bevorzugte eher die großen alten Parks am Elbufer. Der Jenisch Park ganz in unserer Nähe war mein Lieblingsobjekt. Er wurde so natürlich am Elbufer angelegt, dass man beim Durchschreiten der großen eisernen Pforte den Eindruck gewinnen musste, die Bäume, Büsche, Wiesen, Wasserläufe und kleinen Hügel seien von der Natur zufällig für diesen Ort ausgewählt worden. Der Park wurde in seiner heutigen Form Mitte des 18. Jahrhunderts von dem Baron Caspar von Vogt nach Vorbildern der englischen Naturgärten angelegt. An der höchsten Stelle befindet sich das strahlend weiße Jenisch Haus. Von hier aus hat man einen direkten Ausblick auf die Elbe und die andere Uferseite. Dort auf der Elbinsel Finkenwerder waren von den einstigen Werftanlagen von Blohm + Voss nur noch Trümmer und Ruinen zu sehen.

Nach zweijähriger Lehrzeit und Durchlauf der verschiedenen Abteilungen vom Einkauf über Kontokorrent, Empfang, Labor und Verkauf sah ich mit meinen Freundinnen des gleichen Lehrjahres der Abschlussprüfung vor der Handelskammer mit klopfendem Herzen entgegen. Ich hatte zu diesem Zeitpunkt bereits mehrere Prüfungen in Stenografie, Schreibmaschine und kaufmännischem Englisch in Abendkursen abgelegt und wurde in der Firma von den jeweiligen Sachbearbeitern immer häufiger zum Diktat deutschsprachiger Briefe herangezogen. Eigentlich war das auch eine ganz interessante Tätigkeit. Aber ich ärgerte mich häufig über die schlimmen Stilblüten meiner Vorgesetzten und dass ich gar keine eigenen Gestaltungsmöglichkeiten hinsichtlich der Geschäftsabwicklung und deren Korrespondenz besaß.

Eines Tages bot mir Herr Direktor Dierks den Sekretärin-Posten für seine erkrankte Mitarbeiterin an. Ich war überglücklich und auf der beruflichen Erfolgsleiter ein Stück weiter nach oben gerutscht. Ich brauchte nicht länger im Schreibsaal zu sitzen und freute mich über die vielseitige Organisations- und Schreibtätigkeit. Außerdem befand sich mein Arbeitsplatz nun in der Wilhelmstraße und ich hatte Kontakt zu anderen Chefsekretärinnen. Die Bürogehilfen-Prüfung hatte ich als Einzige dieses Jahrganges mit „sehr gut“ abgelegt und hoffte durch die Fürsprache der Maizena Werke eine Auslandstätigkeit zu bekommen. Da ich mit 19,5 Jahren noch unmündig war und für eine ausländische Bürotätigkeit keine Arbeitserlaubnis erhalten hätte, empfahl mir Herr Direktor als Aupairmädchen in England meine Englisch-Kenntnisse zu vervollkommnen. Danach würde ich als Auslandskorrespondentin große Berufschancen haben. Meine Eltern waren über meine Reisepläne nicht sehr begeistert, gaben jedoch nach etlichen Diskussionen ihre schriftliche Einwilligung. Herr Direktor hatte während einer Überreise nach Amerika einen Mr. Lilley aus London kennen gelernt. Er und seine Familie waren Inhaber der größten und nobelsten Schuhhäuser in London, nämlich Lilley & Skinner. Seine Frau beschäftigte bereits einige deutsche Aupairmädchen für ihre kleinen Kinder. Aber da gab es noch die rüstige 83-jährige Großmutter Mrs. Lilley in Northwood, einem Vorort von London. Ich dachte an meine beiden Großmütter Oma Martha und Oma Tine. Was würden die wohl in ihren kleinen Wohnungen mit einem Aupairmädchen jeden Tag um sich herum anfangen?

Ashburnham/Northwood (London)

Northwood, den 3. Januar 1954. (Tagebucheintragung)

„Seit dem 25. August 1953 bin ich in England im Haushalt einer 83-jährigen Dame. Die ersten Tage nach meiner Ankunft an der Viktoria Station waren sehr fremdartig und ungewohnt. Das Haus Ashburnham ist eine riesige Villa mit sehr vielen bewohnten und unbewohnten Räumen. Zu den Letzteren gehören zum Beispiel der Musik- und Gemäldesaal und der Billardraum. Im Kaminzimmer läuft seit Tagen ein Fernseher mit Berichten über die kürzlich erfolgte Krönung der jungen Königin Elizabeth. Ich versuche ab und an einen kleinen Blick auf den Bildschirm zu erhaschen aber noch verstehe ich zu wenig Englisch.

Die verheiratete Tochter von Mrs. Lilley, nämlich Mrs. Neal, und ihre beiden Söhne kommen sehr selten auf Besuch. Um nicht ganz alleine in der großen prunkvollen Villa zu leben, ist vor einigen Jahren Miss Warner als alte Freundin hier eingezogen. Miss Warner ist sehr viel jünger als Mrs. Lilley. Sie fährt jeden Tag mit der Underground ins Büro nach London. Nach ihrer Rückkehr am späten Nachmittag wird es ein bisschen lebhafter im Haus und ich habe die Gelegenheit ein kleines Schwätzchen mit ihr zu halten. Die tägliche Unterhaltung mit Mrs. Lilley beschränkt sich auf das morgendliche Wetter, auf die Vorbereitung der Mahlzeiten sowie auf Arbeitsanweisungen. Das Hauspersonal besteht außer meiner Person noch aus einer deutschen Köchin (Anmerkung: nämlich meiner späteren Freundin Renate Rüter aus Hamburg) Mr. und Mrs. Alden, der Putzfrau und dem Chauffeur. Mr. Alden ist zuständig für den Fuhrpark, zu dem ein Rolls Royce und der kleinere Austin gehört, sowie für das morgendliche Anheizen der Kamine und das Putzen der umfangreichen Silberbestände in der kleinen Pantry. Der riesengroße parkähnliche Garten, das Gewächshaus und der Tennisplatz werden von drei Gärtnern betreut. Jeden Morgen gegen 11 Uhr erscheint der Obergärtner, Mr. Stanley an der hinteren Lieferantentür und bringt uns einen Korb voll frisch geernteten Salaten, Kräutern, grünen Spargel und vieles mehr. Leider keine Kartoffeln. Stattdessen verlangt Mrs. Lilley zum täglichen Lunch ihren geliebten Milchpudding.

Foto 7: Ashburnham

Mit Mr. Stanley verstehe ich mich in den ersten Wochen am besten. Wenn ich am Nachmittag zwei Stunden frei habe, schlendere ich im Garten umher, bestaune die Zierfische in den künstlich angelegten Bächen und besuche sehr gerne die Gärtner im Gewächshaus. Hier würde ich liebend gerne mithelfen aber ich hörte, dass die Dame des Hauses das nicht erlaubt."

6. Januar 1954 (Tagebucheintragung):

„Es ist furchtbar kalt in England! Heute fällt zum zweiten Mal Schnee und Renate und ich kriechen in den Kamin. Nur so wird man einigermaßen warm, da dieses Feuer nie den ganzen Raum erwärmt. Vorhin brachte uns Stanley aus Mitleid einen Arm voll gutes Holz. Ich bin natürlich auch nicht warm genug angezogen. Mrs. Lilley ist den ganzen Tag in London und somit legen wir uns auf die faule Haut. Nächste Woche will ich mich in Harrow in einer englischen Abendschule anmelden. Ich möchte mit der Sprache schneller vorankommen, damit ich in diesem Jahr perfekt werde."

11. April 1954 (Tagebucheintragung):

„Ostern steht vor der Tür. Das wird wohl mein letztes Fest in England sein. Es sind nur noch vier Monate bis zur Heimfahrt. Je näher dieser Termin heranrückt, desto langsamer schleicht die Zeit. Ich denke in diesen Tagen seltsamerweise oft an zu Hause und an meine lebhaften Geschwister. Als Renate mich gestern darauf ansprach, konnte ich nicht umhin, ein paar Tränen zu vergießen. Die ersten in England! So etwas Verrücktes! Ich bin doch aus freien Stücken hierher gekommen und möchte doch so vieles lernen!"

Ein ganz normaler Tag

„24. Mai 1954. Da es in unserem „Seniorenheim" wenig Abwechslung und schon gar keine großen Ereignisse gibt, will ich heute nur eine chronologische Abhandlung unseres Tagesverlaufs aufschreiben.

Heute ist Montag. Das Wetter ist seit Wochen unverändert: nass, kalt und ungemütlich. Um 6.30 Uhr holt mich der Wecker aus dem üblichen Murmelschlaf unter 3 Wolldecken und einer Steppdecke. Mein Zimmer befindet sich im zweiten Stock direkt unter dem Dach. Von meinem Fenster aus habe ich einen einzigartigen Ausblick in die weite hügelige grüne Landschaft. Unter mir höre ich Miss Warner die Vorhänge aufziehen und kurz danach das Badewasser rauschen. Es ist freie Bahn, um in Muttis Morgenrock, Haare zu Berge und Bekleidung über dem Arm die Treppen hinunter zu schleichen. Vorher gebe ich Renate noch einen knock-at-the-door. Um in unser Badezimmer zu gelangen, muss ich fünf verschlossene Türen aufschließen. Um 7.10 Uhr bringe ich auf zwei Tabletts das Frühstück zu den beiden Damen ans Bett. Für jede eine Tasse Tee mit Milch, die eine erhält eine Scheibe und die andere zwei Scheiben Toast mit Butter. Dann haben wir unseren Tee. Ich trinke morgens nur warme Milch mit Zucker.

Gegen 8 Uhr, wenn die Gärtner eintreffen und einer von ihnen das Feuer im Sittingroom legt beginnen auch wir mit der eigentlichen Hausarbeit. Die Post ist schon da gewesen und so habe ich vor morgen nichts mehr zu erwarten. Zuerst wird das Teegeschirr abgewaschen, dann unser Badezimmer gereinigt, dann die Treppen und wenn noch Zeit ist mit dem Staubtuch kurz in den Gemälde- und Billardraum. Schon höre ich Mrs. Lilleys Stimme von oben: „Are you there, Lilo?" Mit ihrer Hilfe bewältigen wir die diversen Bettlaken auf dem riesengroßen französischen Bett. Ich helfe der alten Dame aus der Marmor Badewanne heraus und beim Anziehen. Während sie nach unten geht, ordne ich ihre gestrige Garderobe und die Schreibsachen und Bücher auf dem Sekretär. Mit Renate geht Mrs. Lilley zuerst in die Speisekammer. Das scheint ihre liebste Beschäftigung zu sein. Der große Kühlschrank wird geöffnet und alle Bestände befummelt, berochen und begutachtet. Auf Grund dieser Inventur wird der Speiseplan zusammengestellt, wobei Renate immer kämpfen muss, dass auch wir zu unserem Recht kommen.

Um 10 Uhr ist Teatime. Mrs. Lilley isst jeden Tag denselben homemade Puffer. Wir bevorzugen jedoch Brot mit Aufschnitt. Danach verschwinde ich wieder in die oberen Gemächer, während Renate für das leibliche Wohl in der Küche sorgt. Nach dem Lunch um 13 Uhr ist Ruhezeit bis 16 Uhr. Renate hat montags Ausgang und ich donnerstags und jeden zweiten Sonntag. Bis zum Tee um 16 Uhr übe ich englische Stenografie und lese einige Seiten in Charles Dickens Buch „David Copperfield". Nach dem Tee um 16 Uhr soll ich für Mrs. Lilley einige Näharbeiten erledigen. Oft und gerne drücke ich mich davor, da es so widerlich ist, immer nur hergesuchte uralte Sachen zu reparieren. Ich nähe im Gästezimmer, da dort auch die elektrische Koffer-Nähmaschine steht. Auf dem Gästebett liegt eine wunderhübsche Patchwork-Tagesdecke. Die Tochter, Mrs. Neal, hat diese Decke vor vielen Jahren in ihrer Jugend gefertigt. Ob ich so ein Kunstwerk jemals selber anfertigen kann?"

Renate hat es bei uns in „Ashburnham" nicht lange ausgehalten und ist zu einer anderen Familie mit Kindern gegangen. Der Chauffeur und zwei Gärtner waren eines Tages ebenfalls verschwunden. Also übernahm ich protestlos deren Arbeiten und hatte damit einen ausgefüllten Arbeitstag von 12 Stunden für ein Taschengeld auf Aupair-Basis. Da Mrs. Lilley und ich nun tagsüber alleine im großen Anwesen waren, übernahm ich mehr und mehr die Funktion einer besseren Haustochter. Meine Sprachkenntnisse waren soweit fortgeschritten, dass ich mich gerne mit ihr unterhielt und von meinen Großmüttern, meinen Eltern und Geschwistern erzählte. Durch die vielen wöchentlichen Briefe aus Hamburg erfuhr ich von den kleinen und großen Schulfreuden- und Sorgen meiner Geschwister und wie es allmählich in der Firma meines Vaters aufwärts ging.

Briefe aus der Heimat

Ein Brief aus Hamburg von meinem Vater vom 11.4.1954:

„Liebe Lieselotte,

Wenn Du wieder nach Hause kommst, musst Du natürlich erst einmal in Deinen Beruf zurückkehren, denn sonst ist die Lücke zu groß. Du kannst dann hier immer noch Französisch oder eine andere Sprache zusätzlich lernen und nach ein paar Jahren wieder ins Ausland gehen. Aber das wird sich ja auch alles finden. Bei Hauenschild geht es, unberufen toi, toi, toi jetzt ganz schön aufwärts. Wir sind im Umsatz den Betrieben von Harry Krüger in Lokstedt und Timmendorf ganz schön auf den Fersen und von einem Schließen der Abteilung Hauenschild ist längst keine Rede mehr. Wir sind im Raboisen schon 15 Mitarbeiter und kein kleiner Nuddel-Betrieb mehr. Ich selbst habe nur noch sehr wenig mit Harry Krüger in Lokstedt zu tun, nachdem dort eine eigene Fabrikation (Dreherei) entstanden ist und außer mir drei weitere Prokuristen arbeiten.

Recht frohe Ostern und halt Dich munter, Dein Papi"

Ein Brief aus Hamburg von meiner Mutter vom 28.12. 1953:

„Meine liebe Lieselott,

heute komme ich etwas zur Ruhe. Feiertage sind ja wunderschön, für die Hausfrau allerdings doppelte Belastung. Am ersten Feiertag hatten wir Besuch von Oma Martha, Tante Lotti, Onkel Erwin und Detlef. Gestern waren Onkel Fite, Tante Ella und Gretel bei uns. Sie kamen um 16 Uhr und gingen um 11 Uhr. Ich war halb tot. Mir ist heute so zumute, als hätte ich Blei an den Händen und Füßen. Du weißt ja, so leicht stöhne ich nicht. Aber was zu viel ist, ist zu viel. Vor dem Fest habe ich jeden Abend bis 10 Uhr an der Nähmaschine gesessen.

Wir haben hier im Augenblick ein lebhaftes Haus in bezug auf junge Männer. Paul-Hermann Gansauge und Claus Meyer lösen sich ab. Wir müssen uns erst daran gewöhnen, dass Christa nun auch bald flügge wird. Am 2. Feiertag war Christa morgens bei Gansauge zum Antrittsbesuch. Silvester ist dort Hausball.

Herzlichst Deine Mutter“

Ein Brief aus Hamburg von meiner Schwester Christa:

„Liebe Lielott,

aus der Schule kann ich Dir erfreuliche Ergebnisse melden. Beste Lateinarbeit (Cäsar Übersetzung) und beste Mathearbeit (Logarithmen). Jeweils „sehr gut“. Wenn ich jetzt noch Deine Englischkenntnisse hätte, würde ich glänzen. Mit Frau Dr. Lenz diskutieren wir natürlich auch in der Schule über die Berliner Vierer Konferenz. Der britische Premierminister Anthony Eden hat in seiner Rede am Freitag einen exakten Plan zur Wiedervereinigung von Deutschland entwickelt, der mit dem der Bonner Regierung fast übereinstimmt.

Das Kruppzeug ist gar nicht mehr so klein und will auch schon mitreden. Norbert ist viel mit seinem Fahrrad unterwegs. Er weiß in Flottbek besser als wir alle zusammen Bescheid. Er wird ein richtiger Flottbeker Junge und erinnert, wie soll es auch anders sein, an seinen Vater. Jutta spielt auf dem Klavier Töne auf und ab. Mit ihrem kleinen "hahnigen" Schwanz, der trefflich zu ihrem Gesicht passt, sitzt sie am Klavier und schlägt entschlossen und mit Nachdruck auf die Tastatur, mit der Fingerstellung á la Bertha Rehder, mit der sie Last hat, nicht ins Geschirr zu kommen. Ich selbst spiele jetzt das „Rondo a Capricie“ (Wut über den verlorenen Groschen) von Beethoven.

Herzliche Grüße Deine Schwester Christa“

Ein Brief aus Hamburg von meinem Bruder Norbert:

„Liebe Lieselotte,

ich habe mir ein neues Schiff gebaut. Es ist mir sehr gut gelungen. Ich habe das Schiff „See-Wolf“ genannt. So hat auch Störtebeker sein Boot genannt. Meinen Flitzbogen gebrauche ich jetzt im Winter nicht mehr so oft. Papi hat mir einmal eine richtige Ausrüstung mitgebracht, er ist aus Bambus. Im Sommer geh ich damit wieder auf Kaninchen-Jagd. Mutti wird sich wundern, wenn ich plötzlich ein Tier mit dem Pfeil erschossen habe. Zu Weihnachten habe ich ein Fahrrad bekommen und noch nie etwas davon gehabt, weil wir soviel Eis und Schnee haben.

Herzliche Grüße Dein Norbert“

Ein Brief aus Bad Aussee von meinem Vater vom 27. 7.1954:

„Liebe Lieselotte!

Also wir sind nun glücklich gelandet und haben den ersten Tag hinter uns. Gestartet sind wir Sonntagmorgen 8.00 Uhr in Hamburg, bereits restlos übermüdet und das kam so: Durch die Vorbereitungen und das Reisefieber waren die Kinder und wir schon sehr aufgeregt. Also einen starken Schnaps getrunken, Schlafmittel und um 10.30 Uhr ins Bett. Wie wir eben eingeschlafen sind, rasselt um 12 Uhr das Telefon. Der Mann von der Wach- und Schließgesellschaft meldet, dass in Lokstedt eine Tür offen war und Licht brannte. Hinfahren mit dem Wagen konnte ich nicht, denn der war auf dem Dach so hoch beladen, dass ich nicht aus der Garage heraus konnte. Also wieder ins Bett und endlich um 4.30 Uhr wieder eingeschlafen und um 6 Uhr hoch. Planmäßig ging es dann los, nachdem sich alle hinten in den Wagen setzen mussten, damit wir aus der Garage heraus konnten. Erst einmal nach Lokstedt. Gott sei Dank war alles in Ordnung.

Auf der Autobahn fuhren wir über Frankfurt Richtung Nürnberg, wo wir am Abend gegen 20 Uhr eintrafen und in einem kleinen Dorf übernachteten. Nächsten Morgen um 7 Uhr Abfahrt auf die Autobahn nach München - Salzburg. Eine wunderhübsche Strecke mit den vor uns liegenden Bergen. Norbert wird immer unruhiger und fragt laufend, wann nun endlich die Grenze kommt. Das hatte folgenden Grund: Seit einigen Tagen quälte er sich mit einem juckenden Ausschlag rund um die Nase, der durch ständiges Grimassen Schneiden immer wieder aufflammte. Nun hatten wir ihm gesagt, dass Kinder mit derartigem Ausschlag an der Grenze in die Quarantäne abgegeben werden müssten. Das Gesichtsjucken war natürlich vorbei.

Endlich erreichten wir die deutsch-österreichische Grenze. Unsere Pässe wurden gestempelt und wir konnten ohne Gepäckkontrolle weiterfahren. Wir kommen am Chiemsee vorbei, erreichen Bad Fuschl, Bad Isch’l und müssen kurz vor unserem Urlaubsort Bad Aussee im Salzkammergut die steile Bergstraße hoch. Na, den ersten Gang einlegen und Vollgas. Siehe da, der brave Volkswagen schafft es spielend. Immer höher, immer höher, jetzt sind wir auf ca. 1000 m. Das ist der Kötschenpass. Nun bergab im ersten Gang und brausen, brausen. Wir sind in Bad Aussee. Wir bewohnen ein kleines Sommerhäuschen. Ringsherum hohe Berge und direkt vor uns, wenn wir aus dem Schlafzimmer gucken, der Dachstein schneebedeckt. Man kann die Schönheit nicht beschreiben, das muss man selbst gesehen haben. Du hast sicherlich auch schon Bilder gesehen mit dunkelgrünen Wäldern vor hohen Bergen. Ich dachte immer, es sei Kitsch. Aber es sieht tatsächlich so aus. Hoffentlich werden wir gutes Wetter haben, dann ist es hier wie im Paradies. Ich wünsche Dir, dass Du es auch so schön in Deinem Urlaub triffst. Sonst wirst Du es eben im nächsten Jahr hier nachholen.

Herzlichen Gruß von uns allen, Dein Papi“

Ein Brief aus Hamburg von meiner Schwester Christa:

„Liebe Lille,

nachdem ich mich bei Mutti erkundigt habe, dass sie für das Porto aufkommt, will ich Dir auch mal schreiben. Wir haben heute nämlich schulfrei. Das Problem war nur das Briefpapier. Eben ist mir aber eingefallen, dass ich diesen Bogen noch habe, den ich mir vor Wochen bei Dir entwendete. Hiermit schicke ich Dir Dein Eigentum wieder zurück, für mich ein großes Opfer.

Heute morgen habe ich außergewöhnlich geschuftet. Ich habe Dein Rad aus dem Keller geholt, Tipp topp geschniegelt und geölt und den Reifen, der kaputt war, durch einen Neuen ersetzt. Und das noch am Hinterrad. Ich war selbst erstaunt, was man alles fertig bringt, wenn die liebe Schwester nicht da ist. Dann haben wir es auf den Boden von Frau Meyer gestellt und alles mit Zeitungspapier umwickelt.

Die einzigen Neuigkeiten sind immer Deine Briefe. Wenn wir Besuch bekommen, sitzt Mutti vor ihm und liest voller Stolz Deine Briefe vor. Ich verstehe bloß nicht, wo sie die Brille so schnell herbekommt. Als Oma Deinen Brief neulich erhielt, hat sie ihn mindestens 4-mal durchgelesen. Dass zwei Betten in Deinem Zimmer stehen, finde ich prima. Vielleicht besuche ich Dich in den nächsten Ferien.

Norbert baut mal wieder einen Drachen nach dem anderen und befindet sich je nach Windrichtung in himmelhochjauchzender oder tiefer Missstimmung.

Ich habe mich zur Tanzschule bei Wendt angemeldet. Die halbe Klasse geht zu ihm. Der Grund für den heutigen freien Schultag ist mir unklar. Norbert meint, wir suchen eine Regierung.

So, jetzt weiß ich nichts mehr und mache Schluss. Überhaupt muss ich gleich los, um meine beiden Schüler zu unterrichten. Hoffentlich stört Dich meine Klaue nicht. An sich habe ich ja eine hübsche Schrift.

Deine Christa“

Donnerstagsausflüge

Jeden Donnerstag, an meinem freien Tag, fuhr ich mit der Watford Linie von Northwood bis Bakerstreet ca. eine Stunde in die City von London. Dort traf ich mich häufig mit anderen deutschen Mädchen aus Hamburg. Zwei U-Bahnstationen weiter waren wir am Hyde Park Corner und amüsierten uns über die lauten und temperamentvollen Sprecher auf den Holzkisten. Wir flanierten stundenlang auf der Regent und Oxford Street bis zum Piccadilly Circus und staunten über die großen und hübschen Warenhäuser. Wenn ich am späten Nachmittag endlich wieder heimwärts fuhr, hatte ich das Gefühl, ganz London gesehen zu haben. Dabei hatten wir uns nur auf drei Einkaufsstraßen aufgehalten.

Im Laufe der Wochen und Monate lernte ich die City of London mit den vielen Sehenswürdigkeiten, den Plätzen, den Parks, den Kunst-Galerien, der Themse, den roten Doppeldeckerbussen, den stickigen Underground Schluchten und den Chocolate Houses kennen und schätzen. Der Buckingham Palast, die Houses of Parliament, die National Galerie, der Tower mit seinen vielen Gebäuden übertrafen an Größe und historischer Vergangenheit meine Vorstellungskraft einer großen Regierungs- und Geschäftsstadt. Meine Heimatstadt Hamburg schrumpfte in meiner Erinnerung immer öfter auf ein Dorf zusammen. Lediglich die vielen dunklen und geschwärzten Hausfassaden vermittelten mir oft einen trüben und bedrückenden Eindruck, wobei der Nebel oder der Nieselregen diese Stimmung häufig beeinflusste. Wenn ich am Ende meines freien Tages von London kommend unseren Vorort Harrow on the hill wieder erreicht hatte, genoss ich den Anblick der kleinen hübschen gepflegten Vorstadthäuser mit ihren Gärten, den Straßenbäumen und die frische Luft. Außer den vielen steinernen Sehenswürdigkeiten in der City bestaunte ich vor allem das Völkergemisch mit den unterschiedlichen Hautfarben. Ich hatte bis zu diesem Zeitpunkt noch nie einen schwarzen Afrikaner und einen gelben Asiaten gesehen. Und wie drollig sahen die kleinen krausköpfigen Kinder an der Bushaltestelle aus, wenn sie mit bunten Bändern im Haar und hübschen Kleidern an der Hand ihrer Mütter auf den Bus warteten.

Schottische Eindrücke

Ende August 1954 war mein Arbeitsvertrag bei Mrs. Lilley abgelaufen. Diese hatte mich in letzter Zeit häufig gefragt, ob ich nicht noch länger bleiben könnte. Sie wolle sich auch dafür einsetzen, dass ich in ihrer Firma eine Bürotätigkeit übernehmen könnte. Ich lehnte höflich ab und benutzte die mir zustehenden zwei Urlaubswochen für eine Reise nach Schottland zusammen mit Renate Rüter. Wir fuhren per Anhalter über Oxford, Newcastle, York und Worcester nach Glasgow. Von Aberdeen aus erreichten wir das schottische Hochland und das Lake District rund um Ambleside. Die Übernachtungen in den Jugendherbergen waren allerdings ziemlich abstoßend. Als wir stundenlang am Ufer des Loch Ness Richtung Inverness entlang fuhren, hatte die Landschaft sich in eine trübe unfreundliche Kulisse verwandelt. In dieser Gegend soll also das Monster Nessy zu Hause sein. Wir konnten es nicht erspähen und erkannten nur vage Gebirgsumrisse in der Ferne. In Inverness hatten wir unser nördlichstes Reiseziel erreicht. Obwohl wir Mitte August hatten, fror ich entsetzlich in meinen dünnen Sommerjacken und empfand die Uferpromenade am Moray Firth höchst ungemütlich.

Von Aberdeen aus gönnten wir uns einen Tagesabstecher in die Highlands. Immer wieder begleiteten uns sanfte Berghügel und Seen soweit das Auge reicht. Auf mich wirkten die Berge sehr hoch und majestätisch, denn ich kannte als Hamburgerin noch keine Berglandschaften. Aber noch interessierter blickte ich auf die grasenden Rinder, die sich ohne Zäune und Begrenzung auf den endlosen grünen Hügeln bewegten. Ich blieb in respektvollem Abstand zur Beobachtung stehen. Diese Tiere hatten kaum Ähnlichkeit mit Bauer Rüschens Milchkühen. Sie waren viel kleiner, mit kurzen Beinen und die langen Fellhaare reichten fast bis zum Boden. Auch das Maul und die Augen wurden von dem Kräuselhaar bedeckt. Viele Jahre später entdeckte ich auf einigen Wiesen im Hamburger Umland ähnliche Tiere dieser Galloway Rasse.

Back to Hamburg

Nach 365 Tagen Abwesenheit, nahmen mich meine Eltern und Geschwister Ende August 1954 am Hamburger Hauptbahnhof freudig und erleichtert in ihre Arme. Norbert und Jutta waren keine Kleinkinder mehr. Es war ein sonniger Tag und mir fielen als erstes die hellen Hausfassaden an der Kirchenallee auf, alles wirkte so hell und sauber. In London sahen viele Natursteingebäude sehr schmutzig aus. Umso überraschter war ich 25 Jahre später bei unserem London Besuch, dass auch dort inzwischen die große Fassadenreinigung eingesetzt hatte.

Nach meiner Rückkehr aus London hatte ich einige Mühe, mich in das turbulente und weniger großzügige Alltagsleben meiner Eltern und Geschwister in Hamburg Groß Flottbek einzugewöhnen. Ich machte meiner Mutter jeden Tag neue Einkaufs- und Kochvorschläge, die sie zunächst auch mit großem Interesse und Eifer befolgte, allerdings mit dem Angebot, ich möge doch bitte diese englischen Speisen selber anrichten. Nach einiger Zeit verkündete meine Mutter morgens beim Frühstück: „So liebe Tochter, ab heute übernehme ich wieder die Regie in der Küche. Wir sind es leid, Pastries, Puddinge und halb gares Gemüse zu essen. Auch das Toastbrot kommt nicht länger auf den Tisch. Wir essen reelles Vollkornbrot und Hamburger Rundstücke." Na ja, eigentlich war ich ganz froh über diese mütterliche Entscheidung.

Ich wollte mich ja wieder intensiver meiner beruflichen Weiterbildung widmen. Bis zum Ende des Jahres 1954 absolvierte ich einen Crash-Kursus als Dolmetscherin und Übersetzerin an einer bekannten Hamburger Fremdsprachenschule. Wir hatten täglich 8 Stunden Unterricht und bekamen ein riesiges Arbeitsprogramm als Hausaufgaben auf. Diese vier Monate Schulunterricht waren zwar anstrengend, aber doch sehr erfolgreich. Ich vergaß allmählich meine langjährige Abneigung gegenüber allen Schulen und Lehrern.

Meine Tätigkeit als Fremdsprachenkorrespondentin und Sachbearbeiterin im Export einer Plastik- und Kunststofffirma in Hamburg-Bahrenfeld entsprach voll und ganz den Vorstellungen meiner beruflichen Laufbahn. Im hauseigenen Designerbüro wurden die Druck- und Prägemuster der Vorhangstoffe, der Tischdecken- und der Kunstlederkollektion entworfen, die nach anschließender Bewertung und Auswahl von den Ingenieuren in der angrenzenden Fabrikhalle für die Rohware aus dem Kalander verwertet wurden. Unter meinen Arbeitskolleginnen herrschte ein lockerer und freundschaftlicher Ton, der auch von den Abteilungsleitern und den Firmenchefs akzeptiert wurde. Dieses Arbeitsklima war nicht mit der strengen Hierarchie meiner Lehrfirma zu vergleichen.

Obwohl ich eigentlich am Ziel meiner beruflichen Wünsche angekommen war, hing ich nach wie vor dem Traum nach, auch die französische Sprache in Frankreich zu erlernen. Die Plastikfirma hatte eine Vertretung in Paris, mit der wir häufig korrespondierten. Leider nur auf Französisch und diese Briefe musste ich also an eine andere Kollegin mit Französisch-Kenntnissen weiterreichen. Das ärgerte mich ungemein und weckte meinen Ehrgeiz, zunächst diese Sprache in Abendkursen auf der Fremdsprachenschule zu erlernen.

Die zwei Jahre meiner Berufstätigkeit zwischen der Rückkehr aus London und dem Aufbruch nach Paris unterlagen einer straffen Lern- und Organisationsplanung. Die Wochenarbeitszeit betrug 48 Stunden, einschließlich der 5 Stunden am Sonnabend. Die Nachfrage nach den Kunststofffolien und Lederimitationen unserer Firma war in den 50-er Jahren immens. Infolgedessen hatten meine Arbeitskollegen und ich ständige Berge von Angebotsabgaben und Verkaufsbestätigungen zu bewältigen. Die Korrespondenz mit unseren Kunden in englisch sprechenden Ländern war sehr umfangreich und wir tippten uns die Finger wund auf den Adler- und Olympia-Schreibmaschinen. Die ersten elektrischen Schreibmaschinen kamen allmählich auf den Markt, aber bis zu unserer Abteilung drangen sie noch nicht vor. Lediglich die Bedienung des einzigen Fernschreibers erforderte einiges Umlernen und Üben.

An zwei Tagen in der Woche fuhr ich sofort nach Büroschluss in die Hamburger Innenstadt, um nach einem kurzen Imbiss am kürzlich eröffneten Selbstbedienungsrestaurant in der Dammtorstraße den Französisch-Unterricht an der Fremdsprachenschule zu besuchen. Die drei Unterrichtsstunden waren sehr anstrengend und so konnte mich an manchen Tagen nur noch das zeitige Zubettgehen vor ernsteren Nervenkrisen bewahren.

Den sportlichen Ausgleich fand ich im Reitunterricht. Das war schon seit frühester Kindheit mein Traum gewesen. Wir hatten ja durch unser Bauernhaus in Flottbek und der Nähe zur Flottbeker Reithalle ständigen Blick- und Geruchskontakt zu Sportpferden. Ich verfügte über ein vernünftiges Angestelltengehalt, von dem ich lediglich eine geringe Summe meinen Eltern übergab. Im Übrigen wollte ich für die Reise nach Paris sparen. Der Reitunterricht mit 8 bis 10 Verleihpferden in der alten kleinen Reithalle, unter Anleitung des einzigen Reitlehrers Ernst Jöns, war eine aufregende und in den ersten Wochen eine schmerzhafte Erfahrung. Noch interessanter erwies sich das Kennen lernen der jungen Reiterkollegen und das nette Beisammensein und Fachsimpeln im Reiterkasino. Wir tagten oft bis in den späten Abend hinein und legten zwischendurch auch einmal einen flotten Tanz in Reitstiefeln auf die hölzerne Diele. Ich verliebte mich zum ersten Mal in einen jungen Reiterkollegen und war überrascht, dass auch andere junge Männer an mir ein gewisses Interesse zeigten. Na ja, im Flirten war ich noch sehr ungeübt. Ich blieb auch völlig unberührt von der Tatsache, dass immer häufiger verliebte Reiterfreunde heirateten. Meine Zukunftspläne gingen in eine ganz andere Richtung. Mit ernsthaften Bindungen hatte ich nichts am Hut. Ich wollte nochmals wieder ins Ausland und vor allem sehr viel lernen für mein berufliches Weiterkommen.

Das Leben in Paris

Zwei Tage nach Ostern, Anfang April 1956, flog ich endlich nach Paris. Es war meine allererste Flugreise. Renate Rüter hatte mir in einem billigen Absteigehotel im Quartier Latin ein Zimmer unter dem Dach reserviert. Meine erste Bekanntschaft auf Französisch war die mit der Hotel Concierge. Eine resolute dicke unverheiratete Dame, die mir stolz von ihren fünf Kindern von vier verschiedenen Männern erzählte. Sie verbat mir jeglichen Herrenbesuch auf dem Zimmer. Vom Telefon auf ihrem Empfangstresen rief ich bei dem Vertreter meiner Hamburger Plastik-Firma an, um eine persönliche Vorstellung als Sekretärin zu arrangieren. Monsieur ließ sich einige Zeit mit dem Rückruf, um mir gegenüber dann ziemlich lustlos zu verkünden, dass meine Einstellung in seiner Firma wahrscheinlich an der erforderlichen Arbeitserlaubnis scheitern würde. Ich möchte mich doch bitte noch einige Zeit gedulden. Da mein erspartes Reisebudget nach dem Flug und einer Woche Hotelaufenthalt fast verbraucht war, wandte ich mich an die nahe gelegene Arbeitsvermittlung für junge Ausländer. Ich erhielt sofort die Adresse der jungen Frau Decrept mit ihrem 5-jährigen Sohn Emanuel in der Rue Du Bac im 7. L'Arrondisement. Mir war nicht ganz wohl bei dem Gedanken, dass ich wieder nur als Aupairmädchen bei einem Kind in Paris bleiben könnte. Nach der misslungenen Bewerbung bei unserem Vertreter hätte ich sofort zurückfahren und in unserer Firma weiter arbeiten können. So einfach wollte ich meine Pläne aber nicht aufgeben und entschloss mich, einen letzten Versuch zu starten. Ich räumte mein kleines Hotelzimmer, bedankte mich bei der eigentlich recht freundlichen und hilfsbereiten Concierge und stand drei Straßen weiter vor dem hübschen Appartementhaus in der Rue Du Bac.

Die Concierge wies mir den Weg in den zweiten Stock. Ich schleppte meinen schweren Reisekoffer hinauf und bemühte mich, meinen schlechten Allgemeinzustand hinter einem freundlichen Gesicht zu verbergen. Um Geld zu sparen, hatte ich mich die letzten Tage nur von Baguettes und Wasser aus der Leitung ernährt. Ich musste andauernd die Toilette aufsuchen und hatte weiche Knie bekommen. Eine junge blonde Frau öffnete mir die Haustür. Ich stellte mich vor und überreichte ihr das Empfehlungsschreiben der Arbeitsvermittlung. Sie bat mich einzutreten und in der Bibliothek bzw. im Wohnraum Platz zu nehmen. Sie stellte einige Fragen, die ich nur sehr spärlich im holprigen Französisch beantwortete. Dann hörte ich sie sagen: „Bon, Mademoiselle, ich werde mir Ihre Bewerbung durch den Kopf gehen lassen. Sie hören von mir in den nächsten Tagen. Wo kann ich Sie erreichen?“ Das ganze Zimmer drehte sich in meinem Kopf, Verzweiflung stieg in mir auf. Muss ich heute noch kapitulieren und nach Deutschland zurückreisen? Das Fahrgeld hierfür hatte ich stets bei mir. Madame Decrept erkannte offensichtlich meine schwierige Lage. Sie meinte nach kurzer Sprechpause, wir könnten es ja einige Tage gemeinsam versuchen.

Familienleben auf Französisch

So blieb ich gleich dort. Da ich mit eigenen Geschwistern aufgewachsen war, würde ich sicherlich mit ihrem Sohn Emanuel zu Recht kommen. Sie führte mich zu ihm in sein großes Schlaf- und Spielzimmer. Dort stand neben dem Kinderbett mein Bett. Meine Sachen könne ich im Spielschrank unterbringen oder im Koffer unter dem Bett verstauen. Das Badezimmer befände sich auf dem Flur, linke Tür.

Es dauerte einige Tage, bis ich mir einen Überblick in der großen Wohnung und deren Bewohner verschaffen konnte. Der kleine Junge ließ sich jeden Tag neue Spielchen einfallen, wie er seine Abneigung mir gegenüber ausdrücken konnte. Er verglich mich mit meiner Vorgängerin Gudrun aus Deutschland. Gudrun war seine Nanni seit dem zweiten Lebensjahr gewesen. Sie hatten gemeinsam sprechen und spielen gelernt. Nun wollte Emanuel keine fremde Lilo bei sich im Zimmer dulden, die leider auch kein richtiges Französisch sprach. Es fing schon morgens beim Anziehen an, dass wir in Streit gerieten. Er lehnte jeglichen Versuch ab, durch kleine Kinderspiele und Vorlesen mit mir in Kontakt zu kommen. Erst wenn eine Hand voll Bauklötze gegen meinen Kopf flogen, lief er schreiend und polternd zu seiner Mutter ins Nebenzimmer. Madame Decrept war Mitte Zwanzig und wollte Pianistin werden. Sie ging fast täglich zur Musikakademie und übte sehr viel auf dem großen Flügel in der Wohnung. Ich hörte sehr gerne ihre Musik. Das waren fast heimatliche Klänge. Wenn bloß ihr Sohn nicht so ein Monster wäre! Allmählich dämmerte es mir, dass der kleine Emanuel sehr krank ist. Er litt seit Wochen unter einem sehr starken Keuchhusten. Deshalb wollte seine Mutter mich auch nicht sofort als Kindermädchen aufnehmen. Wir versöhnten uns mit jedem Tag ein bisschen mehr. Nur nachts fand ich keinen erholsamen Schlaf. Bei jedem Hustenanfall hob ich den kleinen Kerl aus seinem Bett und verabreichte den Hustensaft. Madame ließ sich in keiner Weise von diesen Störungen beeindrucken. Sie erschien am nächsten Morgen ungekämmt in wenig reizvoller Bekleidung am Frühstückstisch, schlürfte Milchkaffee in sich hinein, aß einen Croissant, um dann in kürzester Zeit wieder in ihrem Zimmer zu verschwinden.

Einen Vater von Emanuel gab es nicht. Madame Decrept wurde mutterlos von ihrer Großmutter Madame Rumeau aufgezogen. Diese und deren Cousin M. Rumeau, le Colonel, waren die weiteren Bewohner des Appartements. Die alte Dame war seit mehreren Jahren verwitwet. Ich lernte sie im Alter von 76 Jahren kennen. Sie litt seit fast 20 Jahren unter der Schüttellähmung (Parkinsonsche Krankheit) und machte einen sehr gebrechlichen aber eleganten Eindruck. Sie erhielt spezielle und teure Medikamente aus der Schweiz. Die Nervenlähmung machte sich bereits beim Sprechen bemerkbar. Sie war für kleine hilfreiche Gesten sehr dankbar und es viel mir leichter, meine Arbeitszeit für ihre Wünsche zu nutzen, als mich mit dem kleinen Jungen zu beschäftigen. Ich erfuhr, dass ihr Vater Bauingenieur gewesen sei und in den Jahren 1859-1869 entscheidend beim Bau des Suezkanals unter der Leitung von F. v. Lesseps mitgewirkt hatte. Das wirtschaftliche Polster der Familie Rumeau bestand zum größten Teil aus den Aktienanteilen der Suez Gesellschaft, die von Lesseps auf 99 Jahre (bis 1968) gegründet wurde.

Foto 8: Emanuel

Als der schlimme Keuchhusten von Emanuel im Abklingen war, fuhr ich mit ihm in den Vormittagsstunden zum Spielen und spazieren gehen in die nahe gelegenen Tuilerien-Gärten. Wir fuhren mit dem Bus über die Seinebrücke Pont Royal und stiegen am Louvre aus. Von dort führten gepflegte Kieswege vorbei an blühenden Sträuchern und herrlichen Blumenrabatten zu dem achteckigen Wasserbecken. Hier trafen sich zu jeder Tageszeit viele Mütter mit ihren kleinen Kindern. Sie ließen ihre mitgebrachten Spielschiffe schwimmen oder planschten nur mit den Händen im Wasser. An diesem Ort war Emanuel sehr zufrieden und ich genoss auf einer Bank sitzend die frische Luft und die Sonne. Manchmal fuhr ich auch zum Bois de Boulogne, weil es dort einen Reitstall gab und viele Reitwege im großen bewaldeten Gelände.

Ich hätte mich allzu gerne auf ein Pferd geschwungen, aber das wäre eine zu große Ausgabe gewesen.

Gegen 12 Uhr fuhr ich mit meinem Schützling Emanuel wieder zurück und wir nahmen mit seiner Mutter und Urgroßmutter ein kleines Mittagessen ein. Es gab häufig nur einen Salat mit ein paar Scheiben gekochtem Schinken und Baguette. Zum Nachtisch entweder einen gesüßten Frischkäse oder richtigen Käse. Diese Mahlzeit hatte die Zugehfrau, Madame Jaenne, angerichtet. Sie war ebenfalls für den Hausputz zuständig und verabschiedete sich nach dem Essen um 14 Uhr. Nun hatte auch ich meine freien Nachmittagsstunden. Ich ging täglich zur Alliance Francaise, einer staatlich anerkannten Fremdsprachenschule. Das Lernpensum war sehr vielseitig und auf hohem Niveau. Man konnte nur mithalten und zur nächsthöheren Klasse wechseln, wenn man zu Hause das Erlernte nachlas und vertiefte.

Um 19 Uhr sollte ich zum Anrichten des Diners wieder zurück sein. Inzwischen hatte Monsieur Rumeau, der Cousin der alten Dame, Feierabend und hantierte mit Kochlöffel und Bratpfanne auf dem Gasherd in der Küche. Dabei ließ er die Zigarette nie ausgehen. Monsieur bewohnte ein eigenes Zimmer in der großen Wohnung und wir sahen uns nur in den Abendstunden. Er war Junggeselle, ungefähr 45-50 Jahre alt und benahm sich mir gegenüber von Anfang an sehr charmant und interessiert an meinen Schulaufgaben und Erzählungen vom Leben in Hamburg. Im Laufe der Wochen war zwischen ihm und mir ein gewisses Küchenritual in der Küche entstanden. Monsieur war der Könner im Braten von kleinen zarten Steaks vom Kalb und Pferd, während meine tägliche Suppe als Vorspeise und ein Pudding zum Nachtisch großes Lob erfuhr. Wir waren das perfekte Küchenteam und hatten außerdem noch viel Spaß dabei.

Nach dem gemeinsamen Diner mit der alten Dame und Monsieur blieb ich noch eine Weile am großen runden Esstisch sitzen und konzentrierte mich auf die schriftlichen Hausaufgaben und das Erlernen der schwierigen Grammatik. Außerdem schrieb ich einen wöchentlichen Bericht an meine Eltern, die mir wiederum wöchentlich antworteten. Dies war seit meinem England-Aufenthalt eine feste Gewohnheit geworden. Madame Rumeau hatte sich bereits in ihren Wohn- und Schlafraum zurückgezogen. Monsieur machte mir noch einige Komplimente, wie schnell ich Französisch erlernen würde, und verschwand ebenfalls in sein Zimmer. Nun konnte ich meine Augen auch nicht länger aufhalten und suchte mein Bett in völliger Dunkelheit in Emanuels Kinderzimmer auf. Ich wollte ihn auf keinen Fall aufwecken. Es war schon schlimm genug, wenn sich der nächste Hustenanfall melden würde. Schon fast im Einschlafen lauschte ich auf die Straßengeräusche, Emanuels Schnorcheln und ein fremdes leises Klopfen an meiner Wand.

Der kleine Junge weckte mich jeden Morgen sehr pünktlich und regelmäßig. Monsieur hantierte schon im benachbarten Badezimmer und ich schickte Emanuel zu seiner Mutter zwei Türen weiter. Endlich konnte ich das Bad und die Toilette aufsuchen und schlich mich über den Flur dorthin. Unwillkürlich griff ich in die Tasche meines Morgenrocks und holte zum wiederholten Mal einen kleinen Geldbetrag heraus. Nanu? Ich hatte doch nach dem gestrigen Einkauf Madame Rumeau das Wechselgeld auf Heller und Pfennig zurückgegeben. Mein eigenes kleines Taschengeld verwahrte ich in meinem Koffer. Ich legte die Franc-Stücke in ein separates Versteck und notierte die Anzahl.

Die folgenden Abende hörte ich immer lauteres Klopfen an meinem Bett. Zum ersten Mal seit ich im Ausland war überfiel mich ein körperliches Schaudern. Was hatte das alles zu bedeuten? Alle Familienglieder und besonders Monsieur waren doch sehr freundlich und nett zu mir. Ich mochte auch nicht fragen, ob die Klopferei mir galt und woher das Geld kam. Meine Französisch-Kenntnisse waren immer noch nicht ausreichend, um in dieser Situation mit ein paar gezielten Sätzen Klarheit zu schaffen. Also versuchte ich mit der mir zur Verfügung stehenden Wahl dem Spuk ein Ende zu machen. Ich schrieb einen Brief auf Englisch an Monsieur, in dem ich mir sein abendliches Klopfkonzert verbiete und ebenfalls keine weiteren Annäherungsversuche zulasse. „Anbei erhalten Sie Franc 110,- dankend zurück. Ich verfüge über ausreichend eigenes Geld.“ Diesen Brief mit Inhalt schob ich in Monsieurs Schlafgemach und wartete auf die Reaktion. Es passierte nichts und mein Leben in Paris verlief weiter in seinem gewohnten Rhythmus.

Einige Wochen später erwähnte Monsieur Rumeau beiläufig, dass meine Vorgängerin, nämlich Gudrun, mit ihren Eltern zu Besuch aus Deutschland kämen. Gudrun hatte inzwischen bei der Deutschen Lufthansa in Hamburg die Aufnahmeprüfung als Stewardess bestanden und legte ab und an einen Zwischenstopp in Paris ein. Monsieur fragte mich, ob ich Lust hätte auf einen Opernbesuch zusammen mit Gudrun und ihren Eltern und ob er mich auch dazu einladen dürfe. Ich nahm diese Einladung mit großem Vergnügen an, da ich mir eine Opernkarte von meinem Taschengeld nicht leisten konnte. An diesem unvergesslichen Abend zog ich mein einziges kleines Cocktailkleid mit den passenden Brokatschuhen an, fuhr mit der Metro bis zum Opernplatz und begrüßte Monsieur und die deutsche Familie im Foyer. Gudrun sah hinreißend aus: das Kleid - eine französische Modekreation, die Schuhe, die Abendhandtasche, die blonde Langhaarfrisur, das dezente make up - alles passte zu diesem Anlass hundertprozentig zusammen. Du liebe Güte Liese-lott! Und wer bist Du?

Es war eine lange Vorstellung von deren Inhalt ich wenig aufnahm. Dafür genoss ich die Musik und den Flair des wunderschönen Opernhauses und in der Pause den Anblick des elegant gekleideten Publikums. Am Ende der Aufführung fuhr ich sofort in die Rue Du Bac zurück, während Monsieur mit seinen Gästen noch einen Ausflug ins nächtliche Paris antrat. Irgendwann in der Nacht holten mich Schritte und lachende Stimmen aus meinem Tiefschlaf. Gudrun war mitgekommen und verbrachte diese und die nächsten zwei Nächte in Monsieurs Zimmer. Aha, mir ging ein Licht auf.

Als mich meine Eltern zu Pfingsten besuchten und ich Madame um zwei freie Tage bat, zeigte niemand aus der Familie Interesse am Kennenlernen meiner Eltern. Nur durch Zufall begegneten wir am Abend in einem Bistro Monsieur und tauschten ein paar höfliche Begrüßungssätze aus.

Unfreiwilliger Urlaub

Ende Juni teilte Madame Rumeau mir mit, dass sie und Madame Decrept mit dem Jungen im Juli und August nach Südfrankreich zu Verwandten auf Urlaub fahren würden und meine Anwesenheit deshalb nicht mehr erforderlich sei. Ich könne doch ebenfalls in Deutschland Urlaub machen und im Herbst zurückkehren. Dieser Vorschlag kam sehr überraschend und versetzte mich in eine schwierige Situation. Zum einen hatte ich nicht die finanziellen Möglichkeiten nach Hamburg hin- und zurückzureisen, um ohne Berufstätigkeit Urlaub zu machen und zum anderen wollte ich auf keinen Fall von meinem ursprünglichen Plan abweichen, mindestens ein halbes Jahr in Frankreich die Sprache zu erlernen.

Am schwarzen Brett der Sprachenschule fand ich die Anzeige von Madame Comerman, die eine junge Studentin als Reisebegleitung nach Montlucon suchte. Madame war eine pensionierte Lehrerin, alleinstehend, und hatte sich in ihrer kleinen Dachgeschosswohnung in Paris einen komplizierten Armbruch zugezogen. Sie konnte daher nicht selbst in ihrem Auto die geplante Urlaubsreise antreten und war auch ziemlich hilflos bei der Morgentoilette und beim Wechsel der Bekleidung. Wir waren uns schon während des Vorstellungsgespräches sympathisch. Allerdings hatte Madame erwartet, dass ich ihren Wagen fahren könnte.

Mitte August 1956 starteten wir zu dritt auf die ca. 500-km-lange Fahrt nach Neris les Bains in der Nähe von Montlucon. Als Chauffeur war Jaques, ein Neffe von Madame, eingesprungen. Jaques absolvierte um diese Zeit seinen Wehrdienst in der französischen Armee und saß in Uniform am Lenkrad. Je südlicher wir kamen, umso interessanter und hübscher wurde die Landschaft. Aber während der gesamten Fahrt, die ich im Fond des Wagens saß, hatte ich ein komisches Gefühl im Bauch, das mich davon abhielt, die Aussicht zu genießen. War es möglich, dass Monsieur ziemlich unsicher fuhr oder fand ich seinen Anblick nur unsympathisch? In Neris les Bains bezogen wir vis-a-vis des Kurmittelhauses ein 2-Zimmer-Appartement in einem Gästehaus.

Jaques wurde in einem kleinen Dachzimmer untergebracht. Wie vereinbart half ich jeden Morgen Madame bei der Morgentoilette, nahm mit ihr und Jaques das von mir angerichtete Frühstück ein, räumte die kleine Wohnung auf und begleitete Madame anschließend zum Kurhaus. Hier legte sie sich in ein spezielles Thermalbad und wurde anschließend von einem Krankenpfleger massiert und ihr kranker Arm trainiert. Zurück im Appartement besprachen wir den Küchenplan, wonach ich den anschließenden Einkauf tätigte und in der kleinen Küche das Mittagessen vorbereitete. Verglichen mit den Dinees von Madame und Monsieur Rumeau in Paris waren das hier sehr einfache Speisen und ich erinnerte mich häufig an Muttis Eintopfgerichte.

Wir waren erst einige Tage in Neris als Jaques anfing, sich an unseren Gesprächen zu beteiligen und mich fragte, ob wir nicht gemeinsam am Nachmittag ins Freibad gehen wollten. Es war sehr heiß und ich genoss das Schwimmen und den anschließenden Spaziergang durch den Kurpark und das Kurkonzert. Der kleine Thermal-Kurort liegt an dem Fluss Tardes und die Landschaft ist leicht hügelig und von Weinbergen durchzogen. Als wir gemeinsam in das Appartement zurückkehrten und ich zum Umziehen in mein Zimmer gehen wollte, blieb Jaques unaufgefordert bei mir und wollte es sich auf meinem großen französischen Bett mit mir zusammen gemütlich machen. Da stieg wieder dieses ekelhafte Gefühl in mir hoch, das ich ja erst vor einigen Wochen in Paris überwunden hatte. Ich herrschte ihn wütend an, er möge bitte sofort mein Bett und Zimmer verlassen und sich auch nie wieder in meiner Nähe blicken lassen. Er sei mir denkbar unsympathisch und es ekele mich in seiner Gegenwart. Er schlich sich davon und ich schloss mich die nächsten Tage im Zimmer ein. Es war wohl ungefähr eine Woche vergangen. Ich wollte aus Madame Comermans Zimmer direkt in meines zurückgehen als Jaques meine Abwesenheit ausnutzte um sich unbemerkt in mein Zimmer zu schleichen. Ein ekelhafter Alkoholgeruch umgab den Mann während er wortlos über mich her fiel und mich zum Ausziehen zwingen wollte. In dieser Schrecksekunde schrie ich laut um Hilfe: „Madame, bitte, kommen sie schnell herüber!" Es dauerte eine Weile bis ich meine Fassung wieder fand und dann Madame vor die Wahl stellte: entweder ihr sexsüchtiger Neffe Jaques verließe das Haus oder ich führe am nächsten Morgen zurück nach Hamburg.

Monsieur Jaques verschwand auf Nimmerwiedersehen und ich begleitete Madame Comerman wie gewohnt jeden Vormittag zu ihren Anwendungen ins Kurhaus, sorgte für das Mittag- und Abendessen und schrieb auch einige Karten und Urlaubsbriefe für Madame, da ihr kranker Arm dieses nicht zuließ.

Mitte September erhielt ich einen kurzen Brief von Madame Rumeau aus Paris. Sie schrieb, dass sie sich während ihres Urlaubes den rechten Arm gebrochen hätte und vorzeitig in die Rue Du Bac zurückgekehrt sei und sich freuen würde, wenn ich zu ihrer persönlichen Betreuung zurückreisen könnte. Ihr kleiner Urenkel Emanuel würde nun in die Ganztagsschule gehen und brauchte kein Kindermädchen mehr.

Über diese Nachricht war ich sehr erfreut. Der Abschied von Madame Comerman und dem hübschen Kurort fiel mir nicht schwer. Einen Tag nach Erhalt des Briefes reiste ich per Bahn nach Paris ins Quartier Latin zurück und wurde von der alten Dame und Monsieur Rumeau sehr herzlich empfangen. Der gebrochene Arm war bis oberhalb des Ellenbogens eingegipst. Madame wirkte insgesamt sehr schwach und hilfebedürftig. Mir schien, dass die Parkinsonsche Krankheit einen neuen Schub verursacht hatte, denn die arme Frau zitterte an Händen und Füßen wie Espenlaub. Auch das Sprechen fiel ihr schwerer, aber sie strahlte soviel Wärme und Hoffnung aus, dass ich ohne Zögern ihre Pflege gerne übernahm.

Hamburger Nachrichten

„Meine liebe Lieselott!

Soeben erhielt ich Deinen Brief. Schnell ist die Post ja gerade nicht bei Euch. Wie sich doch manches im Leben ergibt: dass sich Mme. Rumeau nun auch den Arm gebrochen hat. Allerdings rückt dieses Dein Kommen auch wieder weiter weg. Wir hatten uns schon gefreut, dass Du bald kommen würdest." (Hamburg, d. 10. Sept. 1956)

Auszüge aus den wöchentlichen Briefen meiner Eltern und Geschwister:

„Mit großer Freude haben wir Deine beiden Briefe gelesen. Wie gut sich nun alles geregelt hat. Du bist doch wirklich ein Sonntagskind."

„Seit wir von der Reise zurück sind, haben wir noch keinen Tag im Garten sitzen können. Bei uns im Zimmer zeigt das Thermometer 14° C an. Ich finde, langsam legt sich dieses Wetter aufs Gemüt. Sonntag waren Papi, Lorbas (Anmerkung: unser Hund) und ich am Falkenstein. Wir waren lange nicht dort. Keiner der beiden Kinder wollte mit uns gehen, nur Lorbas freut sich immer. Somit war er dort auch so unbändig, dass wir ihn restlos verloren hatten. Papi stand nur und pfiff, und ich ging schon zum Römischen Garten, weil ich hoffte, ihn dort zu finden. Aber vergebens. Wir den ganzen Weg wieder zurück und treu und brav saß unser Hund stramm an unserem Auto. Na, die Freude war groß." (9. August 1956)

„Norbert und Rainer machen heute eine Tagestour nach Aumühle. Ich bin heute bei Frau Groth zum Kaffee eingeladen. Wir treffen dort mit vier ehemaligen Schülerinnen zusammen. Immerhin sind wir schon 30 Jahre aus der Schule. Übrigens hat Karin Groth (sie ist in Deinem Alter) ein kleines Mädchen geboren. Wenn ich denke, dass Tante Marthe schon Oma ist, kann ich mir gar nicht vorstellen. Papi guckt jetzt schon immer Spielsachen an, die Eure Kinder später mal haben sollen. Hoffentlich enttäuscht Ihr ihn nicht!"

„Du hast ja Mut mit Deinen Übersetzungen, aber Du wirst es schon schaffen. Ich habe Sonnabend immer an Dich denken müssen, wie Du Dich auf dem Studenten Fest wohl amüsieren würdest. Das wäre nichts für mich gewesen. Ich kann mir gut vorstellen, wie groß das Völkergemisch dort war. Hat Renate sich auch nicht amüsiert?"

„Norbert war nur in Travemünde und dann natürlich in Häven. Am schönsten war es bei Herrn Lender, dem Fischer aus Niendorf. Er hat sich eine 10-Meter-lange Yacht gekauft. Er will damit Segeltörns machen wie „Hans Papa". Er hat Norbert eingeladen, in den großen Ferien hinzukommen. Er soll dann am Steg das Horn blasen. Wir wollen Norbert auch reisen lassen für eine Woche. Die beiden mochten sich ja nun mal gerne leiden."

„Gestern war mein Mund ausgefranst, soviel musste ich jedem von Paris erzählen. Uns ist zu Mute, als hätten wir einen schönen Traum geträumt. Wie ist es jetzt doch alles anders, wenn Du von dort schreibst. Wir können uns alles deutlich vorstellen. Na, in 6 Wochen kommen wir wieder. Ich bin neugierig wie es bei Euch ist. Ist die junge Dame (Anmerkung: Gudrun) abgereist?"

„Papi muss in der nächsten Zeit 3-mal wöchentlich zur Firma Harry Krüger nach Timmendorf fahren. Ich werde nächste Woche mitfahren und Familie Rüsch besuchen. Wie lange bleibst Du noch in Paris? Was macht Dein Freund aus Oslo? Von Gudrun habe ich noch nichts wieder gehört. Deine Vermutung wird schon stimmen. Anbei einen Brief vom Reiterverein. Freust Du Dich, wieder in Deinem alten Zuhause zu sein? Grüße bitte Mme Rumeau recht herzlich von mir und sage ihr, wie leid sie mir tut. Sei Du auch recht gut zu ihr und zeige ihr immer ein fröhliches Gesicht. Sie soll sich doch jeden Tag wieder freuen, dass Du nun bei ihr bist. Mit dem Geld ist es so in Ordnung. Papi wartet mit der Rückzahlung bis Du wiederkommst. Was willst Du Dir denn für ein Kleid kaufen? Hast Du das Cocktail-Kleid schon einmal getragen?"

„Norbert hat seine Fechtprüfung als Zweitbester bestanden. Somit kann er jetzt an Jungendturnieren teilnehmen. Dieses Wochenende fährt er mit Herrn Gerresheim nach Duisburg zu einem internationalen Turnier. Diese Einladung hat er sich verdient, weil er bei jedem Wetter zum Fechten kommt. Diesen Eifer wollte Herr Gerresheim belohnen. Papi holte Norbert nach der Prüfung ab. Er bekam dort viel Lob zu hören. Hoffentlich macht Norbert uns später auch immer so viel Freude. Im Turnen in der Schule hat er nebenbei gesagt eine 5 und im Schwimmen eine 1."

„Christa ist schon tüchtig in der Vorbereitung fürs Abitur. Sie wird Physik und noch ein anderes Fach belegen im Studium. Somit hat sie später immer noch die Wahl ob Lehrerin oder als Physikerin in die freie Wirtschaft. Papi möchte natürlich das Letzte am liebsten. Das Studium dauert 5 Jahre. Die Kohlenleute sind da mit viel Krach."

„Heute werden die Heizungsmonteure endlich fertig. Du kannst Dir gar nicht vorstellen wie dieser Krach und Dreck beim Arbeiten auf die Nerven geht. Sie kommen morgens um 7 Uhr und gehen abends um 9.30 Uhr. Wir bekommen eine richtige Zentralheizung. In jedem Raum wird ein Heizkörper montiert, bei Dir im Zimmer ein besonders großer, damit es dort mollig warm ist."

„Trotzdem Du in 5 Tagen wieder hier bist, wollen wir die Tradition nicht brechen und Du bekommst Deinen wöchentlichen Brief. Wir freuen uns alle auf Dein Kommen. So, meine liebe Lieselott, wir werden Dich also Sonnabend, den 15. Dezember um 22.37 Uhr am Hamburger Hauptbahnhof abholen. Grüße Madame Rumeau noch einmal recht herzlich von mir und ich sage ihr meinen Dank, dass sie Dich so herzlich bei sich aufgenommen hat. Herzliche Grüße, Deine Mutter."

„Nachdem dieses der letzte Familien Brief ist, wünsche ich Dir vor allem eine gute Reise. Sage man nur dem Zugschaffner, dass er schnell fahren soll, damit Du auch ja Deinen Anschluss Zug erreichst. Dein Papi."

Die letzten Tage

Die letzten drei Monate meines Paris Aufenthaltes verliefen im Fluge. Ich hatte in der Sprachenschule einen sehr netten Norweger kennen gelernt, in dessen Begleitung ich abendliche Theaterbesuche unternahm und Bistros und Bars auf den Boulevards Saint-Germain und Saint Michele kennen lernte. Wir unternahmen an meinen freien Tagen Ausflüge nach Fontainebleau, Versailles und fuhren sogar einmal zum berühmten Seebad Deauville, das an der Seine-Bucht des Atlantiks liegt. William war ein echter Kumpel und ich fühlte mich in seiner Gegenwart ausgesprochen wohl und sicher. Mein Leben in Paris hatte doch eine andere Dimension als in London. Hier war ich glücklich und genoss jeden Tag den Charme des alten Quartier Latins und die unkomplizierte Lebensweise der mir bekannten Menschen.

Um mein spärliches Taschengeld etwas aufzustocken, hatte ich über eine Annonce im Figaro eine Anstellung als Übersetzerin in einem kleinen Büro auf der Champs-Elysees angenommen. Dort arbeitete ich täglich zwei Stunden für einen angehenden Arzt aus Vietnam, der seine Doktorarbeit aus dem Französischen ins Englische übersetzen lassen wollte. Das war eigentlich zu schwer für mich. Aber Monsieur schien mit meinen Versuchen trotzdem zufrieden zu sein, so dass ich diesen Job einige Wochen durchhielt und sehr viel erfuhr über die Erforschung von künstlichem Blutplasma.

Hamburg hat mich wieder

Zum zweiten Advent 1956 war ich wieder zurück in Hamburg und feierte mit meinen Eltern, Geschwistern und den beiden Großmüttern ein wunderschönes Weihnachtsfest in dem nun zentral beheizten Bauernhaus in Groß Flottbek. Nur Christa war über meine Heimkehr nicht allzu glücklich, da sie mein Zimmer räumen und wieder ins Kinderzimmer von Jutta zurück musste. Die beiden stritten sich häufig sehr lautstark.

Seit einigen Jahren erhielten Christa und ich von Oma Tine als Geschenk zum Geburtstag und zu Weihnachten silberne Besteckteile für die so genannte Aussteuer. Diesen Löffeln und Gabeln schenkte ich keine besondere Aufmerksamkeit. Im Gegenteil, ich empfand diese Geschenke als sehr komisch und verstaute sie achtlos in irgendwelche Schubladen. Heiligabend 1956 überreichte Oma Tine mir wieder einige Besteckteile aus der bekannten Serie und meinte dazu: „Mach nicht so ein komisches Gesicht, liebe Lieselott. Ich bin mir diesen Weihnachten ganz sicher, dass Du schon sehr bald Deinem zukünftigen Mann begegnen und eine glückliche Zeit haben wirst." Oma spinnt, ging es mir durch den Kopf. Ich wollte ja nun erst richtig in meinem Beruf durchstarten.

Ich hörte meine Mutter aus dem Wohnzimmer rufen: „Lieselott, komm doch bitte zum Telefon, Tante Lotti möchte Dich sprechen." Sie sagte: „Die Jugendfreunde von Onkel Erwin geben eine Silvester-Party anlässlich des Besuches eines französischen Arzt-Ehepaares in ihrem Haus in Hamburg-Wellingsbüttel. Es ist die Familie Surenbrock und nur der Älteste der drei Söhne spricht Französisch und kann sich mit den Gästen unterhalten. Das wird für Rudolf sehr anstrengend werden, weil noch weitere 25 junge Leute eingeladen sind. Onkel Erwin und ich fahren ebenfalls Silvester Abend dort hin und alle würden sich freuen, wenn Du mit Deinen französischen Sprachkenntnissen die Gastgeber in der Unterhaltung unterstützen könntest. Sei bitte um 19 Uhr am S-Bahnhof Landwehr. Onkel Erwin und ich fahren von

Aumühle kommend dort vorbei und holen Dich ab.“ Eigentlich hatte ich mich schon auf den Reiterball im Atlantik gefreut. Aber diese Einladung klang sehr interessant und so zögerte ich nicht lange mit meiner Zusage.

Vom großen Glück

Onkel Erwin stellte mich nach unserer Ankunft in Wellingsbüttel seinen Jugendfreunden Herrn und Frau Surenbrock und deren Schwester Frau Hanne Liebrecht vor, die sich den ganzen Abend im großen Kaminzimmer bzw. im angrenzenden Esszimmer aufhielten. Ich ging die Treppe nach oben und mischte mich in das laute und lustige Tanzvergnügen der jungen Gäste im ausgeräumten großen Schlafzimmer der drei Surenbrock Söhne. Alle schienen sich zu kennen und duzten sich. Ich tanzte sehr viel und hatte wenig Gelegenheit, mich mit den Pariser Freunden zu unterhalten. In den frühen Morgenstunden verabschiedeten wir uns von der Familie und ich fuhr todmüde mit der ersten S-Bahn nach Hause. Rudolf hatte sich mit mir am nächsten Nachmittag zu einem Spaziergang an der Alster verabredet.

In den ersten Wochen des neuen Jahres 1959 verabredeten Rudolf und ich uns zu vielen weiteren Spaziergängen an der Alster oder auf dem Elbwanderweg. Wir hatten uns viel zu erzählen von unseren Paris-Aufenthalten, von seinen Geschäftsreisen nach Marokko, unseren Freunden und Elternhäusern, meiner Reiterei und meinen beruflichen Ambitionen.

Ich arbeitete seit zwei Jahren in der Firma Alfred C. Toepfer in der Ferdinandstrasse als Fremdsprachenkorrespondentin im technischen Export und hatte das Angebot, als Sekretärin nach Mailand zu gehen. Dort unterhielt die Firma eine Exportvertretung, die alle zwei Jahre ihr deutsches Personal austauschte. Ich besuchte daher seit geraumer Zeit wieder die Fremdsprachenschule in Abendkursen, um die italienische Sprache zu erlernen. Meine Arbeitskollegin und Chefsekretärin von Herrn Toepfer sen. hatte beruflich mehrere Jahre in Mailand gelebt und machte mich neugierig auf Italien, das Land und die Menschen. Wir verlebten einen wunderschönen gemeinsamen Urlaub an der Adria und sie zeigte mir alle Sehenswürdigkeiten in Mailand.

Die Firma Rudolf Surenbrock unterhielt ein Büro am Jungfernstieg im Streits-Haus. Rudolfs Vater, Helmuth Surenbrock, hatte schon in jungen Jahren nach einer Speditionslehre die Importfirma seines Vaters übernommen. Das war in den dreißiger Jahren. Durch den zweiten Weltkrieg und die Einberufung zum Militär kam der gesamte Import der Palmfasern aus Marokko zum Erliegen. Helmuth Surenbrock wurde im Oktober 1945 aus russischer Kriegsgefangenschaft entlassen und musste krank und völlig entkräftet von seiner Familie gesund gepflegt werden. Trotzdem im Nachkriegsdeutschland und unter britischer Besatzungsmacht der gesamte Außenhandel zum Erliegen kam, gelang es meinem späteren Schwiegervater, Ende der 40er Jahre Kontakte zu seinen französischen bzw. marokkanischen Lieferanten aufzunehmen. Damals standen die Palmfaser-Plantagen in Marokko und Algerien noch unter französischem Protektorat. Die ersten „Kompensationsgeschäfte" wurden getätigt. Deutsche Waren wurden nach Marokko geliefert und die Marokkaner brachten die ersten Palmfasersendungen nach Hamburg auf den Weg.

Rudolf war 1951 als Angestellter in die Firma seines Vaters eingetreten. Er hatte seine Lehrzeit als Außenhandelskaufmann abgeschlossen und die höhere Handelsschule erfolgreich beendet. Auch er hatte einige Monate bei Freunden in Paris verbracht, um die Sprache zu erlernen und war danach ein Jahr lang nach Marokko geschickt worden. In den verschiedenen Fabriken lernte er die Herstellung und Qualitätsunterschiede von Palmfasern kennen. Als Rudolf in mein Leben trat, war er bereits Prokurist in der Firma Rudolf Surenbrock und wurde in unserem Verlobungsjahr 1959 Teilhaber.

Sowohl die Mitarbeiter als auch die Chefs arbeiteten oft sehr lange in den Abend hinein. Rudolf musste häufig wegen ankommender OPDR-Schiffe mit Palmfaser-Ladungen in den Hamburger Hafen oder nach Bremen fahren. Auch regelmäßige Kundenbesuche in ganz Deutschland gehörten zum Arbeitsalltag. Wir trafen uns daher an manchen Tagen nur kurz in der Mittagspause, wenn ich mit meiner Kollegin zum Kaffee Trinken zu Mokka Efti am Fölschblock ging. Ich erspähte sofort Rudolfs schwarzen Mercedes in der Ferdinandstraße und freute mich, einige Minuten mit ihm um den Häuserblock fahren zu können. Ich war sehr glücklich, wenn wir zusammen sein konnten und nahm eines Tages seinen Vorschlag gerne an, am Freitag Abend gleich nach Büroschluss zu seinen Eltern nach Wellingsbüttel zu fahren, um das Wochenende dort zu verleben. Meine späteren Schwiegereltern waren sehr gastfreundlich, wodurch wir am Sonnabend und Sonntag ständig mit mindestens 12 Personen das Abendbrot und die Mittagsmahlzeiten einnahmen. Allerdings wurden die meisten Haus- und Küchenarbeiten von der Haushälterin gemanagt. Anfänglich genoss ich diese Großzügigkeit und fröhliche Stimmung. Aber immer häufiger versuchten Rudolf und ich einige Stunden alleine zu sein. Das war oft nur möglich, wenn sich meine Schwiegereltern verabschiedeten, um die oberen Schlafräume aufzusuchen. Dann blieben wir mit einem Glas Wein zunächst alleine im großen Kaminzimmer zurück bis plötzlich Tante Hanne wieder in der Tür stand und sagte: „Ich kann doch noch nicht einschlafen und möchte mit Euch noch ein Gläschen trinken." Auch die Brüder Gerhard und Werner unterbrachen unerwarteter Weise gerne unser kleines Tete-à-Tete.

Die große Liebe

In mein Leben mischten sich auf einmal ganz neue Gefühle. Meine beruflichen Ambitionen traten in den Hintergrund, die Reiterei war nicht mehr so wichtig und interessant. Ich war nach unserer Verlobung ein seltener Gast im Elternhaus, schon gar nicht an den Wochenenden. Eigentlich wollte ich jede freie Stunde mit Rudolf zusammen sein. Meine jüngeren Geschwister nervten mich häufig mit ihren direkten Sticheleien: „Lieselott ist verliebt!“

So oft wir konnten, verabredeten wir uns nach Büroschluss zum Abendessen in einem bayrischen Lokal in den Colonaden, beim Chinesen Chang am Atlantik oder wir besuchten das Haus Vaterland, wo artistische Darbietungen mit Gesangseinlagen geboten wurden. Da ich auch sehr gerne mit Rudolf tanzen mochte, kehrten wir häufig in die Hotelbar des Hotels Vier Jahreszeiten ein oder wählten eine andere Hotelbar an der Kirchenallee. Nach diesen abendlichen Rendezvous fuhr Rudolf mich in seinem Wagen nach Groß Flottbek zurück, um dann selbst todmüde die lange Rückreise quer durch Hamburg nach Wellingsbüttel in Kauf zu nehmen. Auch wenn meine Eltern bei meiner Heimkehr noch im Wohnzimmer saßen, begrüßte Rudolf sie nur kurz und hielt sich nie sehr lange dort auf. Erst viel später erfuhr ich den wahren Grund für diese kurzen Besuche: Es roch ständig nach Stall und Pferd bei Kaatzes und mein Freund reagierte nach wenigen Minuten mit Augenjucken und Niesen auf diesen Geruch.

Es war daher ziemlich ungewöhnlich, dass Rudolf an einem Sonntag im Juni 1959 mit einem großen Blumenstrauß bei meinen Eltern an der Tür stand. Ich war ebenfalls überrascht von diesem Besuch. Papi bat Rudolf, doch mit ihm im Wohnzimmer einen kleinen Frühschoppen einzunehmen, während meine Mutter nach einigen Minuten wieder in der Küche verschwand. Christa und Jutta setzten sich kurze Zeit zu uns, nur Norbert wich nicht von Rudolfs Seite. Seine Ohren wurden immer länger und er ließ sich durch nichts von den Erwachsenen ablenken. Mein kleiner Bruder war inzwischen 15

Jahre alt geworden und wir hatten erst vor kurzem seine Konfirmation gefeiert.

Anlässlich Rudolfs dritten Blumenstrauß-Besuches schien meinen Eltern ein Licht aufzugehen. Sie gingen mit Rudolf ins Wohnzimmer, holten eine Flasche Sekt aus der Speisekammer, die Gläser aus dem Büfett und baten Christa, Jutta und Norbert sie möchten doch bitte eine Weile nicht ins Wohnzimmer kommen, da man mit Rudolf etwas Wichtiges zu besprechen hätte. Endlich war für meinen Freund der geeignete Moment gekommen, um meine Hand anzuhalten und meinen Eltern seine Vorstellung einer gemeinsamen Zukunft in seinem Haus im Alstertal darzulegen.

Nun waren wir also auch offiziell ein Paar. Rudolf hatte sich vorgenommen, dass wir unsere Verlobung alleine feiern und er mir den Goldring noch vor der großen Feier in seinem Elternhaus mit 50 Verwandten, Freunden und Geschäftsleuten an den Finger schieben wollte. Von diesem Plan ahnte ich nichts.

Verlobung auf der Raststätte

Wir fuhren an einem schönen Frühsommertag Richtung Ostsee, hielten uns zum Essen kurze Zeit in Travemünde auf, gingen längere Zeit am Brodtner Ufer spazieren, genossen das milde Wetter auf der Terrasse bei Kaffee und Kuchen und fuhren auf meinen Wunsch über Häven und Niendorf Richtung Lübeck auf die Autobahn. Die Dunkelheit hatte schon eingesetzt, als Rudolf mich fragte: „Wir haben einen schönen Tag hinter uns. Wollen wir ihn beim Tanzen in der Vier Jahreszeiten Bar ausklingen lassen? Ich habe keine Lust, jetzt schon nach Hause zurück zu fahren." Ich war natürlich sofort begeistert und ließ mich etwas müde in dem bequemen Mercedes kutschieren. Meine Eltern fuhren seit einigen Jahren einen VW Käfer, der dann später von einem französischen Citroen abgelöst wurde. Mit dem Volkswagen reisten meine Eltern und die drei Geschwister jedes Jahr in den Urlaub nach Österreich, in die Schweiz und auch nach Paris. Es war immer sehr eng mit 5 bis 6 Personen im Auto und meine Mutter hätte auf diese langen Touren eigentlich verzichten können.

Kurz vor Hamburg lenkte Rudolf den Wagen auf den fast leeren Parkplatz der Raststätte. Er stellte den Motor aus und bevor ich eigentlich begriff, was das zu bedeuten hat, holte Rudolf die Ringe aus der Jackentasche, nahm meine linke Hand und streifte mir den Verlobungsring auf den Finger. Gab es in meinem bisherigen Leben je einen glücklicheren Augenblick?

Nie wieder allein in den Urlaub

Ein paar Wochen später meldete ich meinen Jahresurlaub bei A. C. Toepfer an. Rudolf wollte mit mir nach Paris fahren, um gemeinsame Erinnerungen aufzufrischen. Das befreundete Arzt-Ehepaar hatte uns beide eingeladen, in ihrem Haus zu wohnen. Wir schmiedeten große Pläne, wie wir die Tage am sinnvollsten nutzen könnten ohne die Freunde zu sehr zu beanspruchen. Als ich meinen Eltern von unserem Vorhaben erzählte, freuten sie sich, dass ich nun mit Rudolf Paris noch einmal erleben würde. Auch meine Schwiegereltern wurden eingeweiht. Dann geschah etwas Unerwartetes: Mein Schwiegervater verbot uns diese Reise mit der Erklärung, dass ein junges Paar vor der Hochzeit nicht gemeinsam verreist. Das schickt sich nicht! Wir waren sehr enttäuscht und konnten auch mit vielen Beteuerungen und plausiblen Argumenten, dass wir nämlich bei unseren Freunden in getrennten Zimmern schlafen würden, Rudolfs Vater zum Sinneswandel nicht bewegen.

Aber Urlaub musste sein und so reiste ich alleine auf die ostfriesische Insel Juist und Rudolf mit seinem Jungendfreund und dessen Freundin nach Sylt. Das Wetter war ziemlich unfreundlich, mein Zimmer in der Familienpension recht spartanisch eingerichtet und überhaupt bis auf das Reiten am Wasser entlang und die wenigen warmen Strandtage war meine Stimmung auf dem Nullpunkt. Ich sehnte mich nach Rudolf und es wurde mir bewusst, wie sehr ich ihn liebte und immer mit ihm zusammen sein wollte. Nie mehr wollte ich ohne ihn verreisen.

Bekanntschaft mit Sasel

Ich war schon einige Male zu Besuch bei Rudolfs Oma in Sasel gewesen. Oma Else hatte bereits mehrere Schlaganfälle überlebt und lag die meiste Zeit bewegungsunfähig und sprachlos im Bett. Nur am Nachmittag, wenn Besuch erwartet wurde, zog Tante Hertha, die langjährige Wirtschafterin, Oma an und schob sie in ihrem Rollstuhl vor das große Erkerfenster im Wohnraum. Von dort hatte sie einen wunderbaren Ausblick in den großen Garten und konnte auch den Fernseher beobachten. Wenn ich Oma begrüßte, sah ich an ihren Augen und einem leichten Zucken um den Mund, dass sie mich erkannte. „Meine Süße" kam es ganz leise von ihren Lippen und ihre Hand drückte zaghaft meine.

Oma und Opa Surenbrock und Tante Hertha waren im Krieg 1943 nach der Ausbombung ihrer Wohnung in der Hamburger Innenstadt in das Wochenendhaus nach Overhaken (Kreis Lauenburg) gezogen. Dort verstarb Rudolfs Opa. Als 1953 das Zweifamilienhaus in Sasel von meinem Schwiegervater und Rudolf endlich bezugsfertig war, zogen Oma und Tante Hertha dort ein. Auch für sie muss die Rückkehr nach Hamburg und der Umzug von dem kleinen Wochenendhaus an der Oberelbe in das moderne und neue Haus in Sasel eine große Erleichterung gewesen sein. Meiner Familie ist es ja ähnlich ergangen, als wir fast zur gleichen Zeit von Häven nach Hamburg zurückkehrten.

Rudolf hatte mich vom Büro in der Ferdinandstraße abgeholt und wir machten noch einen kurzen Spaziergang im Alsterpark als er zu mir sagte: „Cherie, wir sind nun schon einige Monate verlobt und wir wollen mit der Hochzeit nicht mehr lange warten. Ich bin es leid, andauernd zwischen Wellingsbüttel, Innenstadt und Flottbek hin und her zu fahren und nur stundenweise und am Wochenende mit Dir zusammen zu sein. Das Problem ist, wo sollen wir wohnen? Mir gehört zwar das Haus in Sasel, aber das ist komplett bewohnt und zwar nicht nur von Oma und Tante Hertha, sondern noch von zwei weiteren entfernten Verwandten, die aus der Ostzone geflüchtet sind."

Ich machte Rudolf den Vorschlag, dass wir uns nach einer kleinen Mietwohnung in der Stadt erkundigen könnten. Dann brauchte niemand auf die Straße gesetzt zu werden und es würde nicht der Anschein entstehen, dass wir auf Omas Tod warteten.

Ich war im Stillen schon etwas erstaunt, dass mein Verlobter das Thema Hochzeit und gemeinsames Wohnen die nächsten Wochen nicht mehr erwähnte. Wir verbrachten an den Wochenenden immer mehr Zeit bei Oma in Sasel und arbeiteten im Garten, um der riesigen Laubberge im Herbst Herr zu werden. Hier mochte ich gerne sein und es schien mir wie eine Traumvorstellung, dass ich vielleicht doch eines Tages nur mit Rudolf alleine hier leben könnte.

Wo die Feste fallen…

Inzwischen hatten wir Silvester 1958/59 unser erstes Kennlernjahr in Wellingsbüttel gebührend gefeiert und freuten uns auf die Hamburger Ballsaison. Mit Rudolfs Jugendfreunden und deren Freundinnen tanzten wir auf dem Ball „über den Wolken“ im Atlantik und bei Cafe Wilm anlässlich des Balls des Ruderclubs von Rudolfs Brüdern. Auch die Hausbälle bei meinen Eltern und einigen Bekannten waren groß in Mode gekommen. Meine Schwester Christa hatte durch ihre Hamburger Schulzeit und dem anschließenden Studium der Germanistik einen großen Freundeskreis aufgebaut und ließ keine Gelegenheit aus, bei unseren oder anderen Eltern häusliche Feten zu veranstalten. Mein Vater hatte von einem Lagerarbeiter eine schlichte aber schwere hölzerne Bar anfertigen lassen, die jedes Mal mit großem Kraftaufwand vom Heuboden auf unsere Diele im Röbbek geschleppt wurde. Die männlichen Gäste hatten großen Spaß, einfache Fruchtcocktails und leichte Bowlen hinter der Bar stehend auszuschenken. Mein Bruder Norbert entwickelte sich zum talentierten Barkeeper und zählte die Gläser, die jeder trank. Die Musiktruhe wurde aus dem Wohnzimmer zur Diele geschoben und nach flotter Schallplatten Musik tanzten wir so lange, bis meine Eltern zum Aufbruch winkten, weil sie und meine Geschwister zu Bett gehen wollten. Außerdem mussten einige junge Leute mit der letzten S-Bahn nach Hause fahren. Dazu gehörte auch Rudolf.

Ich hatte mir zu diesen Anlässen von einer befreundeten Reiterin und angehenden Modedesignerin einige Ballkleider anfertigen lassen. Die Auswahl an eleganten Stoffen in den Fachgeschäften in der Hamburger Innenstadt war riesengroß. Wenn ich im kleinen Atelier meiner Bekannten vor dem großen Spiegel stand und sie den hübschen Kleiderentwurf an meinem Körper drapierte, war ich mit meinem Spiegelbild zufrieden. Die Erinnerung an das hausgeschneiderte Konfirmation- und Tanzschulen Kleid verblasste immer mehr. Auch die vielen Blusen, Röcke und Kleider, die meine Mutter für mich und meine Geschwister jahrelang angefertigt hatte, legte ich endgültig zu den Jugenderinnerungen.

Umbaumaßnahmen in Sasel

Die rechte 2-Zimmer-Wohnung in Rudolfs Haus in Sasel wurde Anfang des Jahres 1960 von den Ostzonen Flüchtlingen geräumt. Die linke 3-Zimmer-Wohnung mit dem einzigen Badezimmer gehörte Oma Surenbrock und Tante Hertha, die seit fast 40 Jahren Wirtschafterin der Familie war. Rudolf und ich konnten nun unseren Hochzeitstermin auf den 27. Mai festlegen. Unsere beiden Eltern hatten ebenfalls im Wonnemonat Mai geheiratet. Bis dahin gab es aber noch sehr viel zu tun. Wir wollten am Tag unserer Hochzeit in die beiden leer gewordenen Räume und in die dazu gehörende Küche einziehen. Nebenan bei Oma befand sich das kleine Badezimmer, zu dem wir keinen direkten Zugang hatten. Also musste eine neue Küche für Oma installiert werden und für uns in der Waschküche im Keller ein Duschbad mit Waschbecken. Ein Plastikvorhang zwischen Waschkessel, Trockenschleuder und gusseiserner Badewanne machte unseren Duschraum leidlich privat. Die beiden Wohnräume mit Eichenholz-Parkett waren von den Vormietern im verschmutzten Zustand verlassen worden, so dass der gesamte Fußboden abgeschliffen und eingewachst werden musste. Auch die Wände erforderten eine gründliche Renovierung und in der Küche montierte der Tischler über ein paar Unterschränken eine stabile Arbeitsplatte. Im Keller wurde die Koksheizung auf Ölfeuerung umgestellt und die Abflussleitungen wurden an das städtische Brauchwassersiel angeschlossen. Einer meiner ersten Eindrücke von Rudolfs Gartenauffahrt war der einer riesigen Großbaustelle, da die neuen Abflussleitungen knapp 3 Meter unter der Auffahrt verlegt werden mussten.

Das Palmfaser-Geschäft boomte über alle Maßen, so dass alle Mitarbeiter der Firma Rudolf Surenbrock stark angespannt waren. Rudolf konnte sich daher tagsüber kaum um die Handwerker in Sasel kümmern, geschweige denn eben mal vom Büro am Jungfernstieg zu seinem Haus hinüberfahren.

Tante Hertha hatte mit der Pflege von Oma, dem Einkaufen auf langen Wegen zum Saseler Markt und der Haushaltsführung alle Hände voll zu tun.

Sie war daher ebenfalls nicht in der Lage, die Handwerker und den damit verbundenen Schmutz zu bewerkstelligen. Eigentlich wollte ich ja bis zu unserer Hochzeit in meinem Beruf als Auslandskorrespondentin bei Alfred C. Toepfer noch tätig sein. Aber daraus wurde nichts mehr, da ich bereits zum 31. Januar meine Kündigung mit einem lachenden und einem weinenden Auge einreichte. Die nächsten Wochen pendelte ich täglich zwischen Flottbek und Sasel mit Umzugskartons im VW meiner Mutter hin und her, schaute den Handwerkern auf die Finger und lernte viel von Tante Herthas Wirtschaftsführung und den überlieferten Familienkochrezepten. Zwischendurch verbrachte ich viel Zeit mit der Anschaffung und Signierung der Aussteuer Wäsche und klapperte mit Rudolf die wenigen gut geführten Möbelgeschäfte ab.

Meiner Berufstätigkeit trauerte ich in dieser Zeit und auch in den folgenden Jahren selten nach. Erst viel später als unser Sohn Dierk als Kleinkind durch häufiges Kranksein und ausgeprägte Eigenwilligkeiten meine Nerven und Muttergefühle sehr stark strapazierte und ein hartnäckiger allergischer Juckreiz meine Geduld auf eine harte Probe stellte, wünschte ich mir, mit Rudolf tauschen zu können. Ich hätte meinem Mann sehr gerne die Tages- und Erziehungsprobleme für eine Weile überlassen und dafür seinen Bürojob übernommen.

Die Hochzeitsglocken läuten

Endlich war unser Hochzeitstag am Sonnabend, dem 27. Mai 1960 gekommen. Als wir die Groß Flottbeker Kirche als Ehepaar verließen, wartete auf dem Vorplatz die zweispännige Brautkutsche meines Reitstalles mit dem betagten Friedrich als Kutscher und die beiden Blumenstreukinder auf uns. Diese Überraschung war meinen Eltern gut gelungen. Beim Einsteigen in die enge und zugegeben unbequeme Kutsche hatten Rudolf und meine Mutter große Mühe, das üppig geschnittene Brautkleid mit weitem Reifrock nachzuschieben. Rudolfs Frack und der Zylinder verschoben sich ebenfalls bedenklich. Die Fahrt ging auf der Baron-Vogt-Straße Richtung Teufelsbrück. Auf der Elbchaussee fuhr der Kutschen- und Autokonvoi im gemächlichen Zuckeltrab ca. 2 km Richtung Altona zu den „Elbterrassen". Während ich die nostalgische Kutschfahrt genoss, wurde mein Bräutigam immer unruhiger, da sich hinter unserem eigenen Autokorso ein immer länger werdender Autostau bildete. Im Restaurant „Elbterrassen" hatten meine Eltern alles perfekt vorbereitet für den Begrüßungsempfang, das Abendessen mit Vorträgen und den Tanz zum Musiktrio.

Foto 9: Hochzeit mit Pferdekutsche

Um Mitternacht verabschiedeten Rudolf und ich uns von unseren Eltern und allen Gästen. Wir waren nach den vielen Vorbereitungen und Festen, die unserem Hochzeitstag voraus gingen, total erschöpft und übermüdet und sehnten uns nach Ruhe und Alleinsein. Die große Anspannung der letzten Tage wich einem glücklichen und schläfrigen Empfinden. Ich sackte immer tiefer in das Autopolster und überließ meinem Mann die Fahrtrichtung. Es war ja mal die Rede von einer Hotelübernachtung gewesen. Wir hielten direkt vor Rudolfs Haus in Sasel, stiegen aus und ehe ich noch etwas fragen konnte, trug Rudolf mich die zwei Stufen des Podestes hinauf und hinein in sein Haus und in unser gemeinsames neues Leben.

Anhang

Die nächste Generation in England

Viele Jahre später, im August 1978, brachten Rudolf und ich unsere 15-jährige Tochter Petra für einige Wochen nach England zu einer befreundeten Familie von Mrs. Lilleys Tochter, Mrs. Neal. Diese hatte inzwischen das hohe Alter von 83 Jahren erreicht und erkannte mich sofort wieder als sie uns wie verabredet am Bahnhof Polegate (Richtung Eastborn) in South Sussex mit ihrem Auto abholte. Da Petras Gasteltern und deren Freunde auf einer Farm lebten und ihr eigenes schlossähnliches Wohnhaus von einem großen Garten und Ländereien umgeben war, wunderte sie sich mir gegenüber mit englischer Höflichkeit, dass beide Geschwister so städtisch elegant gekleidet seien und Dierks weiße Jeans noch sehr sauber sei. Mrs. Neal erzählte uns, dass ihr Elternhaus Ashburnham nach dem Tod ihrer 90-jährigen Mutter abgerissen worden und sie als ihre einzige Tochter mit ihrer Familie von London nach Südengland gezogen sei. Sie führte uns durch alle Räume ihres Hauses. Viele alte Mahagoni-Möbel und Bilder erkannte ich aus meiner Aupair-Zeit bei ihrer Mutter Mrs. Lilley wieder. Ich hatte plötzlich wieder den Geruch des Bohnerwachses in der Nase, mit dem ich die wertvollen Stilmöbel wöchentlich polieren sollte. Auch der große Kamin mit den beiden Marmorsäulen war aus Ashburnham hierhin umgezogen. Das Haus verfügte allerdings über eine moderne Heizanlage und die offenen Kamine wurden nur noch zu besonderen Anlässen befeuert. Im Gästezimmer entdeckte ich sofort die wunderschöne Patchworkdecke wieder.

Nach einem englischen Lunch mit riesigem Roastbeef Braten und Yorkischen Pudding wurden wir vier Surenbrocks von Mrs. Neal zur Farm von den Kings gefahren. Es war ein herzlicher Empfang und Sarah King und Petra fanden schnellen Kontakt zueinander. Ich war sehr froh, dass meine Tochter unter sehr viel günstigeren Umständen ihre Englisch-Kenntnisse in einer englischen Familie verbessern konnte als es mir vor Jahren vergönnt war.

Auszüge aus Petras Briefen:

„Hallo Ihr,
mir geht es gut. Vor zwei Tagen waren Sarah und ich in Eastbourn. Das liegt an der Küste. Wir haben eine Bootstour gemacht. Ich war die Einzige, die mit einem Kanu umgehen konnte. Der Fluss sah wie die Alster aus. Die Landschaft ist dort sehr schön. Heute morgen werden wir wohl wieder Tennis spielen und schwimmen, was Sarah und ich sehr oft tun. Das Wetter ist hier vielleicht toll. Wir haben jetzt schon vier Tage zwischen 28° und 30° C."

„Hallo Ihr, (30. 8. 1978)
heute Morgen bin ich um 7 Uhr aufgestanden und habe meinen Koffer gepackt. Ich bin die nächsten 6 Tage bei Mrs. Neal und deren Tochter Mrs. O`Brian. Der Koffer ist die reinste Katastrophe. Der Reißverschluss ist fast rundherum ausgerissen, dabei ist der Koffer weiß Gott nicht voll. Den Kapuzenpullover und noch ein paar Kleinigkeiten habe ich erst einmal in eine Plastiktüte verfrachtet. Wie ich das Gepäck auf dem Rückflug mitbekomme, weiß ich noch nicht. Na ja, die Kings sind sehr begeistert von dem Hamburg Buch. Ich habe ihnen mindestens schon zweimal alle Fotos erklärt. Ich habe ihnen außerdem einige Fotos von meiner Einschulung gezeigt. Hier gehen die Kinder alle in Uniform zur Ganztagsschule. Liebe Mutti, zu Deiner dummen Frage: Ich räume immer meine Klamotten weg. Mein Bett ist sehr gepflegt. Mit dem Sprechen klappt es sehr gut. Ich wundere mich selbst, dass ich fast alles verstehe. Sogar das englische TV macht mir kaum Schwierigkeiten.
Tschüß Petra."

Zwei Jahre später wurde Petra in den Sommerferien nochmals von Sarah King und ihren Eltern zu einem mehrwöchigen Besuch in deren Sommerresidenz in Falmouth, Cornwall, eingeladen. Petra war knapp 18 Jahre alt und absolvierte eine Schneiderlehre in Hamburg-Volksdorf um danach ein Fachhochschulstudium in Bekleidungstechnik zu beginnen. Dieses Mal flog sie alleine nach Heathrow.

„Hallo, Ihr (20. 7. 1980)

Meine Reise nach England war sehr lustig. Im Flugzeug waren viele Hamburger Jugendliche. Am Victoria Station hatte ich einige Schwierigkeiten die Züge zu finden. Als ich an der Information fragte, antwortete die Dame in einem bayrischen englisch, dass ich mich hier am Busbahnhof befinde und nicht am Victoria Station. Ich solle zwei Häuser weiter gehen. Diese Strecke erwies sich als ein Kraftakt. Meine Koffer waren so schwer, dass mein Ring von Oma verbogen ist. In Polegate angekommen, konnte ich die Telefonnummer von den Kings nicht wählen. Ein netter Engländer erledigte das dann für mich mit der 9 vor der Nummer.

Als wir am Montag Richtung Falmouth aufbrachen war ich immer noch der Meinung, dass die Fahrt 5 bis 6 Stunden dauern würde. Pusteblume! Die Reise hat genau 10 Stunden von Haus zu Haus gedauert. Ich konnte es aber ganz gut aushalten. Es war ja nur ein großes Sportcoupé Mercedes 280 SL. Am nächsten Tag sind wir mit dem Boot zum Essen gefahren. Dabei hat niemand darauf geachtet, dass Ebbe war. So saßen wir bis 16.30 Uhr in dem Kaff fest. Gestern am Land's End war es sehr interessant. Aber das ist auch schon die reinste Touristenattraktion und Vollheit. Die Karte, die ich Euch mitsende, kommt von Mousehole, wo wir uns mit Fisch eingedeckt hatten. Es war ein ganz süßes altes Fischerdorf mit Töpfereien und Galerien. Ganz toll! I hope the weather ist not so bad in Danmark. Many regards, your Petra."

„Morgen oder so werden wir wohl an die Nordküste fahren. Dort soll es ähnlich wie auf Sylt sein. Sarah hat ein Wellenreiterbrett. Das werden wir dann ausprobieren. Ich habe leider kein Briefpapier mehr, muss aber noch drei weitere Briefe schreiben. Your Petra."

Der Ort Häven

Für den Ortsnamen „Häven“ gibt es verschiedene Erklärungen. Zum einen lässt sich Häven von dem englischen heaven = Himmel ableiten. Zum anderen könnte es sich auch um eine Abweichung von „Horizont“ handeln. Wenn wir an einem klaren Abend bei Eintreten der Dunkelheit von Niendorf nach Hause gingen, bewunderten wir hinter weiten Feldern und Knicks den Schein der untergehenden Sonne und wie die Bäume und die Knicks riesige Schatten auf die Erde warfen. Dort am Horizont, wo kein Lärm und Straßenverkehr von den Ostseebädern hinkommt liegt Häven.

Viele Jahrhunderte zurück reichte die Ostsee noch tiefer ins Land hinein, und zwar bis zur heutigen „Räuberkuhle“. Die erste Besiedelung bestand aus zwei Burgen, die von so genannten Raubrittern verteidigt wurden. Sie zündeten nachts auf ihrer Burg große Feuer an, die an Helligkeit und Größe das Leuchtfeuer von Travemünde übertrafen. Hierdurch angelockt, hielten die Schiffe ihren Kurs nicht in den sicheren Hafen von Travemünde sondern gegen die Raubritterburgen. Die Schiffe wurden ausgeplündert und die tapferen Seeleute zum Tode verdammt. Sie landeten also im Himmel.

Eine der beiden ersten Burgen nannte sich „Gosevelde“. Sie befand sich auf dem Wald angrenzenden Gebiet, wo die heutige „Räuberkuhle“ liegt. Aus der Bezeichnung „Gosnest“ für den Wald und aus dem alten Namen des östlichen Armes der Ahlbek, nämlich „Gosebeke“, schließt man, dass es sich um die in den Urkunden als „Gosevelde“ aufgeführte Burg handelt. Sie fiel bereits im Jahr 1255 in dem ersten genauer bekannten Strafzug gegen die Raubritter, den Lübeck gemeinsam mit dem Holstengrafen führte. Der Sage nach sollen die Lübecker zwei Buchwalds, die auf der Burg „Gosevelde“ lebten, durch Erhängen an je einer Eiche umgebracht haben. Eine andere Sage berichtet, dass auch Klaus Störtebeker zeitweise auf der Burg gelebt haben soll. Jedenfalls ist die Bedeutung dieser Seeräuberburg im Volksmund durch den Namen „Räuberkuhle“ erhalten geblieben.

Die zweite und zugleich von Raum und Bedeutung größere Burg lag direkt im Ort und nannte sich „Widole“. Sie lag hinter dem Gehöft auf dem die Familie Ruesch bis heute lebt. Durch eine kleine verschlossene und von Unkraut umwucherte Pforte findet man Einlass zu dem hügelförmigen Park, den man den Apfelgarten nennt. Von diesem Hügel hat man eine schöne Aussicht weit über das Land bis zu den roten Dächern von Gneversdorf. Die Burg Widole wurde von einem breiten Wassergraben umgeben, der heute nur noch als mooriger Schilfgürtel zu erkennen ist. Bei Ausgrabungen an diesem Ort stieß man auf Hofpflaster und Überreste der Burgmauer.

Die Burg Widole war Eigentum der Familie von Rumohr. Einige Nachkommen dieser Familie leben heute noch in Warnsdorf. Sie übergaben im 14. Jahrhundert die Ländereien rund um die ehemalige Burg Widole dem Meier Jürgen Beythien. Nach vielen Jahren der Verpachtung wurde der Besitz im 18. Jahrhundert in zwei gleich große Ländereien aufgeteilt. Ein Hof blieb im Besitz der Familie Beythin, während der zweite Hof einem Herrn Krahn zufiel. Als dieser Letztgenannte erbenlos verstarb, übernahm die heutige Besitzerfamilie Ruesch diesen Hof mit den dazu gehörenden Ländereien.